笭菁作品08

唱歌的骨頭

惡童書

笭菁 著

CONTENTS

楔子 004
第一章 008
第二章 023
第三章 040
第四章 056
第五章 069
第六章 088
第七章 107

第八章 126
第九章 143
第十章 161
第十一章 177
第十二章 198
第十三章 215
尾聲 235
後記 237

唱歌的骨頭

惡童 書

楔子

「嗚……嗚嗚……」

黑暗的倉庫裡，小女孩蹲在地上，雙手緊緊抱著雙膝，埋首在腿間，因啜泣而輕微顫抖著身子。

哭了一會兒，她抹去淚水，窩在角落裡開始玩著指甲，悶悶的哼起自編的歌來。

「我是小公主，爸爸媽媽最疼我，哥哥最愛我……每天穿著美麗的衣服，吃著好吃的蛋糕……」

她只是想吃那個紅豆餅而已，為什麼不能吃呢？她只要一小口、一小口就可以了，哥哥也說願意跟她一人一半，為什麼……媽媽就是要通通給哥哥？

她不懂，為什麼媽媽總是對哥哥特別好？不只是媽媽、爸爸、爺爺奶奶都一樣，什麼好吃的都是哥哥先吃，什麼好玩的都是哥哥才可以拿，她卻什麼都沒有。

如果吵著要，就會被罵或是挨打，所以她再也不問不吵了，只能用渴望的眼神望著那塊紅豆餅，然後試探性的跟哥哥分著吃，但是媽媽剛剛一巴掌甩來，她就知道連一口都不能吃。

她只能跑到倉庫的角落來，偷偷掉眼淚，哼歌安慰自己，因為不想看哥哥在她面前吃那塊紅豆餅。

喀啦啦，鐵門的聲音響起，有人開門走進來了。

「依依！」男孩的聲音傳來，她雙眼一亮，雙手撐著地面探出頭。

男孩看見她了，笑著跑過去。

「哥哥……」女孩有些不明所以，微微噘著嘴。

「來，紅豆餅。」男孩的小手上，捏著咬一半的紅豆餅，「快點吃。」

咦？女孩望著男孩指間的半個紅豆餅，咬開的紅豆餅裡頭是碩大的紅豆，看起來多麼令人垂涎三尺……她嚥了口口水，卻還是不敢伸手。

「拿去啦，媽媽在忙她不知道的！」男孩肯定的點著頭，把紅豆餅湊近女孩嘴邊。

小女孩嘴饞的舔舔唇，膽戰心驚的回首往門口探視一下，確定沒有人進來，也沒有人聲後，才張大嘴咬下。

「慢點慢點……」男孩笑了起來，「妳吃這麼大口會噎到啦！」

小女孩幸福的瞇起雙眼，紅豆餅把她的腮幫子塞得鼓鼓的，「好好吃喔！我不趕快吃掉，等一下被媽媽知道就完蛋了！」

「噓——」男孩小指頭擱上唇，「嚼細細才可以吞下去喔！」

女孩用力的點頭，口齒不清，「謝謝哥哥……」

「我也不知道媽媽他們為什麼都對妳不好，但是妳放心，我是哥哥，我一定會照顧妳的！」小男孩一臉認真的望著妹妹，「不管發生什麼事，我都一定會照顧妳！」

「真的嗎？」小女孩眼眶泛淚，咬著唇嗚咽。

「那當然啊！」男孩斬釘截鐵的點頭，「我是哥哥嘛！」

「哥哥！」女孩欣喜撒嬌的叫了聲哥哥，開心的往前抱住哥哥。

男孩突然有種責任重大的感覺，抱住乖巧的妹妹，大人的世界他不瞭解，他只知道他就只有一個妹妹，這麼小又這麼可愛，為什麼大家都不喜歡她呢？

總是說她是女孩子，妹妹本來就是女孩子啊，因為女孩子就討厭她也太奇怪了！媽媽、奶奶、姑姑不都是女生嗎？這好難懂，男孩認真的抱住小小的妹妹，他只知道，身為哥哥，他一定要保護妹妹！

女孩直起背，紅撲撲的臉蛋笑向哥哥，嘴裡還嚼著未竟的紅豆餅，瞇起的眼兒盈滿天真喜悅，她知道不管大家對她多壞，有哥哥在就好！

只要有哥哥在，什麼都不用怕了！

黑暗的衣櫃裡，小女孩蹲在地上，埋首在雙腿間，雙手掩耳，為了要杜絕聽見任何聲音，她開口唱歌，劇烈顫抖著身子。

「我是小公主，舅舅媽媽最疼我，我的家庭最溫暖，陪我寫功課、陪我看電視……」

她不知道發生了什麼事，只知道媽媽要她好好待著……待在這裡就好。

腳邊擱著一包紅豆餅，她伸手摸索，把紅豆餅一口塞進去，咬住一半，不停的晃動著身體。

媽媽把最愛吃的紅豆餅給她了，她要通通吃完，媽媽只吃了一個，留了好幾個給她。

為什麼媽媽沒有吃完？嗚……恐懼的淚水奪眶而出，她痛哭失聲，聲音全部鎖在齒間緊咬的紅豆餅中，沒有發出聲音。

她不知道……她什麼都不知道！

第一章

過了中秋，天氣便明顯降溫了，這幾天冷氣團南下，更讓溫度降到了十二度，雖然才十月，但這種溫度現在也不奇怪了，畢竟全球氣候異變，司空見慣。

這一年來，天災接連不斷，數量倍增，各國都一樣，末日說再度掀起，搞得人心惶惶，可偏偏天災一個比一個嚴重，簡直像是在為那末日說佐證似的。

「末日教派？」葛宇彤遞出一百元，接過了熱騰騰的紙袋，「確定有這種東西嗎？」她戴著藍芽耳機在說話，用嘴型向老闆說聲不用找了，捧著紙袋準備離開攤子，一轉身，卻看見了十公尺外，有張髒兮兮的小臉與渴望的眼神。

『這是歐洲的古老教派，最近才突然冒出來，他們認定這幾年的天災都是人為！』電話那頭的資料搜集員還在唸著，『聽說連教宗都接見過他們了！』

「拜託，有點邏輯好不好？都叫天災了怎麼會是人為咧？」她不耐煩的說著，「嗳，我晚點再找你！我現在這邊有事！」

沒等對方回應，葛宇彤就按下切話鈕，目光卻沒有絲毫移動，看著站在十字巷口的女孩子。

六歲？七歲？小學還是幼稚園的年紀？頭髮蓬亂，腳上的涼鞋都已經磨壞了，自黏鞋帶幾乎脫落，早就把涼鞋當拖鞋穿著；全身上下都是髒汙，腳板上還有不少泥土，除了去泥坑玩之外，也找不到這種裝扮了。

她揚起微笑，從容的走了過去，女孩不知道自己正盯著她手上的紙袋，下意識的嚥了好幾口口水，一臉飢腸轆轆的模樣。

葛宇彤刻意經過女孩，女孩的頸子便跟著轉動，隨著手上的甜點移動，她突然止步，倏地回過身。

「喏。」葛宇彤將紙袋放低，「要吃嗎？」

電光石火間，女孩逃命似的飛奔而去，直接躲到下一根電線桿後，戒慎恐懼的盯著她。

噢噢，葛宇彤蹙起眉，這種如同驚弓之鳥的反應，實在不妙。

「我剛剛才買的，妳也有看到啊！」她蹲下身子，不再主動往前，「我買了好多喔，我一個人吃不完，妳要不要幫我吃？」

邊說，她刻意把袋口往前傾，露出裡面一顆顆金黃色澤的雞蛋糕來。

女孩都聽見自己肚子在咕嚕咕嚕叫的聲音了，她好餓好餓，雞蛋糕好香好香喔，可是媽媽說不可以隨便跟陌生人說話、不可以隨便吃人家的東西——但是，她實在好餓喔。

敵不過飢餓，女孩從電線桿後走了出來，疲憊且緩慢的朝著葛宇彤這邊來，瘦弱的小手抬起，依然遲疑不已；葛宇彤輕笑，直接從袋子裡拿出雞蛋糕，擱在掌心朝女孩伸過去。

「來，吃吧！」她堆著微笑，女孩看著食物就在眼前，再也不顧什麼教誨，一把抓過就往嘴裡塞。

「啊……」剛做好的雞蛋糕燙口，女孩啊了一聲，小嘴張得大大的。

「欸，很燙的，妳吃太快了！」葛宇彤焦急的以手當扇，在她的嘴邊揮動著，「會很燙嗎？要不要吐出來？」

女孩用力搖著頭，呼呼幾聲，又開始嚼起雞蛋糕！

葛宇彤見狀不由得笑了起來，自個兒也塞進一口雞蛋糕，瞇起眼對著女孩一起笑，彷彿異口同聲的在說：好好吃喔！

「欸，妳手好髒，這樣吃東西不乾淨，阿姨餵妳。」葛宇彤主動拿出雞蛋糕剝對半，細心的吹呀吹，「嘴巴張開，啊——」

女孩聽話的「啊——」，她小心的把雞蛋糕塞進去，距離這麼近，也聞到了女孩身上散發出來的臭味。

「妳怎麼一個人在這邊晃？誰帶妳出來的？」葛宇彤假裝漫不經心的問著，「媽媽？爸爸？他們去哪了？」

女孩隨即一怔，蹙起眉心，竟搖了搖頭。

「爸爸媽媽不見了嗎？」葛宇彤很疑惑的問著，「什麼時候不見的？」

女孩聳了聳肩，搖了搖頭。

「嗯……很多天了嗎？」遺棄兩個字，在她心中緩緩浮起。

女孩想了想，又張開小嘴討著雞蛋糕，葛宇彤溫柔的塞入她口中。

女孩始終不愛說話，只是繼續搖著頭。

「迷路了嗎？」葛宇彤主動問，女孩似懂非懂的點點頭。

都不開口，實在有點難辦，而且女孩的眼神帶著防備，像是在擔心什麼。

「阿姨幫妳找爸爸媽媽。」她溫柔的看著女孩，「妳住在哪裡？」

女孩眉頭竟蹙起，眼底流露一抹悲傷，「媽媽……找媽媽。」

「對，我們去找媽媽。」葛宇彤耐心的複述著。

「不。」女孩認真的看著她，「我要找媽媽。」

咦？她們講的不是同一件事嗎？為什麼有點雞同鴨講？是自己亂跑的失蹤孩童嗎？這女孩看起來相當可愛，身上這酸味應該也流浪好幾天了，居然都沒人發現？但更要慶幸的是沒有被人拐去賣！

「阿姨等一下帶妳去找警察叔叔，把妳送回家！」葛宇彤溫聲說著，「妳媽媽發現妳不見了，現在一定很擔心！」

女孩只顧著拚命搖頭，淚水眼看著都快掉下來了，「媽媽不會回來了，我要找媽媽……」

這又是什麼狀況？葛宇彤擰眉，不是走失就是遺棄，還是求助警方比較妥當。

「沒關係，不要急，警察叔叔會幫我們的！」葛宇彤給她打了劑強心針，「他會帶妳坐車車回家喔！」

才伸手，女孩卻激動的向後退，戒備的瞪著她。

哎唷，這到底是要怎麼溝通咧？直接報警算了，葛宇彤站起身，從口袋裡拿出手機。

「啊！」女孩突然大叫一聲，還嚇了葛宇彤一大跳，「媽媽……媽媽！」

一邊大喊，女孩竟拔腿往前奔去，葛宇彤立刻攔下她，趕緊回身想看看把孩子搞成這樣的媽媽到底是何方神聖！

但是回過身子，只看到一如往常的巷子，幾個小學生從他們身邊奔跑過去，手上也捧著那熱騰騰的雞蛋糕……別告訴她，那幾個小學生是她媽媽。

「嗯……」葛宇彤依然維持笑容，「沒有媽媽啊！」

小女孩圓睜雙眼，甩著被握住的手，舉起右手往一點鐘方向一指，彷彿在說，媽媽在那邊。

葛宇彤再度回首，她指的是牆與電線桿，但是真的什麼都沒有。葛宇彤嘆口氣，低首開始撥打手機。

「媽媽……」女孩可憐兮兮的哭了起來。

望著她的眼神如此認真，讓她不由得狐疑，如果那邊真的有人怎麼可能看不見？再說了……葛宇彤回過身子看著這條幽靜巷子，從她們站的位置一直到下個轉角，就算奧運短跑選手也沒辦法這麼快就跑離。

她轉回來看著低泣中的小女孩，嘆了一口氣，手機號碼從 110，改成電話簿裡的常用號碼。

「喂，是我，葛宇彤，我這邊發現一個走失的女孩，可以先帶到機構去洗澡嗎？我知道我知道。」她淡淡說著，把剩下一整包雞蛋糕都塞給女孩，「這樣貿然帶她去警局她會怕，情緒不是很穩定，嗯，警察那邊我有辦法。」

女孩聽著單方面的對話，她被教過很多次不能跟陌生人走，因為有很多壞人會拐小孩子，但是……她覺得這個阿姨很溫暖，她不知道該怎麼形容，可是她就覺得阿姨是好人。而且，躲在阿姨後面的媽媽沒有阻止她，所以媽媽知道她是好人對不對？

「走吧！」葛宇彤切掉電話，朝她伸出手，「阿姨是專門照顧小孩子的人，先帶妳去中心洗澡換衣服，我們再吃飯好不好？」

女孩愣愣的抬起頭，顫抖著小手緩緩握上。

「妳呢，要是再看到媽媽，可以跟阿姨說嗎？」葛宇彤悄聲的說著，「小小聲的說就好，不要讓媽媽知道！」

「咦？」女孩似懂非懂，但還是點點頭。

葛宇彤劃上微笑，牽著小手往停車的地方走去，巷子裡雞蛋糕正飄香，電線桿後面隱約的黑影晃動著，轉眼又消失。

桌上擺著即溶咖啡，葛宇彤喝咖啡配著手工餅乾，其他義工紛紛關切她帶來的女孩。

「迷路嗎？」張阿姨問。「有問她家住哪裡了嗎？」

「還沒。」葛宇彤搖搖頭，「我想警察會問吧？我只是不想再讓她流落街頭，才幾歲而已，到現在沒被拐走已經很強了！」

「照理說應該要先帶她去警局的！」林蔚珊皺眉，實在不符程序。「我不是有教過妳了？」

林蔚珊是她的「學姐」，是長年在兒福機構幫忙的義工，她加入後都是由學姐領著她的……雖然成效沒有很大，嚴格說起來葛宇彤是個令人頭疼的人物。

才剛開始帶她，就遇到一個家暴事件，林蔚珊記得帶葛宇彤去是要觀察，結果她當場就跟對方家長槓了起來，還差點動手……這不是她最想哭的地方，讓她覺得負責葛宇彤最痛苦的事是——撞鬼。

葛宇彤愛管閒事不說，又看得見好兄弟，而且她連好兄弟的閒事都管，嗚嗚，這種學妹好可怕啊！

「哎，她又餓又累又髒，先帶她過來洗澡換衣服吃頓飯沒關係吧？」葛宇彤咬了一口餅乾，清脆的啪一聲，「反正警察會過來做筆錄不是嗎？」

幾個義工媽媽交換眼色，是、是這樣說沒錯啦！但是也只有妳，葛宇彤小姐敢這樣叫警察來這邊做筆錄，搞得她好像才是警察長官似的。

「欸欸——」有個年輕女孩急急忙忙的疾走進來，「那個警察來了！」

尾音上揚，如果在卡通裡的話，拉長的尾音可能還可以畫成一個愛心！

所有義工媽媽紛紛開始整理自己的服裝儀容，把背心拉整，倒茶擺點心，連椅子都空出來了！林蔚珊有些錯愕，看著大家的反應，詫異的看向葛宇彤。

「妳該不會叫他來吧？」

「嗯啊。」葛宇彤沒好氣的托著腮，這些義工媽媽會不會太誇張啊？

林蔚珊覺得有點頭暈，葛宇彤怎麼這樣子沒禮貌啊，連警官都能這樣呼來喚去？

「您好。」站在門口的年輕女孩往外頷首微笑，「這邊請。」

頎長英挺的身影步入，男人留著短短的小平頭，一臉嚴肅的梭巡整間房間，視線飛快地落到了坐在桌邊還在嚼著餅乾的女人。

嗯。她連招呼都懶得打，右手往對面的椅子一比，意思就是：這邊坐。

「葛宇彤！」男人非常不悅的疾步朝她走來，「妳會不會太超過？連我妳都敢要求隨傳隨到！」

「你可以不要啊！」她挑了挑眉，「我也只是 LINE 給你說我撿到一個女孩，我又沒要你一定立刻過來？」

「妳撿到小孩為什麼不送到警察局去？」警察先生火氣可大了，「我的私人手機不是給妳這樣濫用的！」

「嗯哼。」她滿不在乎的聳了聳肩，「我才沒那個閒工夫耗在警局咧，天曉得過去要花多少時間？」

林蔚珊尷尬的端上咖啡，還趕緊向他道歉，「卓警官，真抱歉厚！我如果知道的話一定會讓葛宇彤把孩子帶過去的。」

卓璟璿擰眉道謝，心裡明白這不是林蔚珊的問題，葛宇彤如果會聽的話，就不會直接打給他了。

葛宇彤很無力的看著站在警察後面的女性同胞們，每個人都眼冒愛心，直認為惱怒中的卓璟璿更添性格魅力；怪了，這傢伙到底是有什麼好迷人的？講話一點都不客氣，看看進門連聲招呼都沒打，劈頭就是質問，嘖嘖。

「妳這女人……」他咬牙切齒的說著。

「誰叫你要來？我有說你一定要來嗎？我只說了我撿到一個女生，要不要過來調查隨便你。」她的確是這樣說的，「你都自願過來脾氣還這麼大喔？」

「葛、宇、彤！」卓璟璿擱在桌上的飽拳緊握，手背都浮出青筋了，「妳明知道我不可能放著……」

角落探出一雙恐懼的眼睛讓男人分心，他怔了一下，眼尾瞟向眼前亮麗的女人；葛宇彤立刻領會跟著轉過半身，看見已經洗乾淨的女孩戰戰兢兢的偷看著他們。

「來，沒關係，我會保護妳。」她朝女孩伸出手，「不要被這個兇巴巴的叔叔嚇到了。」

「誰——」卓璟璿本來想反駁，但是他留意著女孩恐懼的神情，深吸了一口氣，拿起桌上熱騰騰的咖啡先喝幾口，平靜一下心情。

女孩非常遲疑，眼神不安的轉動著，葛宇彤索性起身親自過去接她，拉過她小手的瞬間，感覺到女孩是真的在害怕，她全身都在發抖。

「別怕，刺毛叔叔是警察，他是來幫妳的。」葛宇彤輕聲細語的說著

「警察……」女孩嚥了口口水。

「是啊，我們不是在吵架啦！」葛宇彤笑開了顏，「我們是在玩，我跟刺毛都是這樣子開玩笑的，聽起來很像吵架厚？」

玩？女孩狐疑的望著葛宇彤，這種玩法聽起來真可怕。葛宇彤向右看向八風吹不動的男人，你是啞巴不會多說兩句嗎？

「啊，咳！」卓璟瑢勉為其難的清了清喉嚨，「我們鬧著玩的，不是吵架。」

是啊是啊，林蔚珊肯定的點頭，因為他們真的吵架的話，這間兒福機構可能會直接被拆掉吧？

女孩的左手終於離開牆壁，願意跟著葛宇彤步出，她被安排在兩個大人中間，這樣子可以給她安全感，警方也好問話。

林蔚珊不忘送上香噴噴的便當，女孩根本餓壞了，狼吞虎嚥的吃著，葛宇彤邊拍著她的背，深怕她會噎到！

「妳叫什麼名字？阿姨都不知道該怎麼叫妳。」葛宇彤趁機拉近距離，「我叫葛宇彤，妳叫我彤阿姨就好。」

女孩滿嘴塞著飯菜，滿足的嚼呀嚼的。「庭庭……」好不容易吞了一大口進去，才可以發音準確。

「噢，庭庭啊！」葛宇彤從桌邊推來一疊紙跟筆，「庭庭會寫自己的名字嗎？」

庭庭點點頭，放下筷子，歪歪斜斜的在紙上寫出自己的名字，警察仔細看著，郭羽庭，名字最是關鍵。

「真好聽，大家都叫妳庭庭嗎？」葛宇彤溫柔的說著，還幫她擦嘴巴，「來，我們先喝口水漱漱口，等等刺毛叔叔有一些問題想問妳！」

「刺毛……叔叔？」庭庭歪著頭，一臉困惑。

「妳看，刺毛叔叔的頭髮一根一根往上翹，摸起來刺刺的，所以叫刺毛啊！」葛宇彤煞有其事的介紹著，完全不管卓璟璿的臉色陣青陣白，「想不想摸摸看？」

什麼？刺毛瞪圓了眼：葛宇彤，妳敢？

庭庭皺起眉，有點遲疑有點害怕，但最後還是用力點了頭。

葛宇彤露出絕對不懷好意的笑容，一臉無辜的望著他，「人家小女孩想摸摸看耶，警察叔叔願不願意大方的給摸呢？」

不願意！刺毛冷冷的別過頭，這女人少找碴！「庭庭，警察叔叔還有很多事要辦，我現在要問妳一些問題，妳說實話就是了。」

庭庭明顯一顫，被這威嚴的氣勢震懾住了。葛宇彤扯扯嘴角，就是一點和顏悅色都做不到，嘖！她趕緊握住庭庭的手，就怕孩子會被刺毛機車臉給嚇著。

「妳住在哪裡，知道家裡地址嗎？」刺毛開始詢問問題。「聽說妳跑出來找媽媽，那爸爸呢？」

庭庭低垂著頭，眉頭微蹙，「沒有爸爸……有舅舅。」

噢，照顧妹妹的哥哥嗎？葛宇彤在心裡忖度著，剛剛看庭庭對爭吵的反應，她一度以為是因為父母常吵架的緣故，造成她心靈創傷，結果原來是單親。

「那妳住在哪裡？」刺毛再問一次，孩子無法一次回答太多問題。

庭庭張口欲言，卻哽了住，她很認真的皺眉思索著，幾秒後宣告放棄，搖頭代表不知道。

「嗯，不是要妳說地址喔，啊，那妳幾歲？念小學了沒？」葛宇彤靈機一動，知道哪間學校不就知道學區了。

庭庭比了個七，但依然沒有回答她念哪所學校。

「阿姨問妳喔，妳說跑出來找媽媽……媽媽為什麼會跑出去呢？」葛宇彤小心翼翼的問著，「媽媽一跑出去，妳就跟在她後面了嗎？」

總是要先釐清問題關鍵，究竟是這孩子尋母而離家出走？還是被刻意遺棄？

提到媽媽，庭庭總是會下意識的蹙起眉，眉間皺出不似七歲小孩該有的紋路，緩緩點了點頭——她是跟在媽媽後面離開的。

「已經有她的名字，不會太難找。」刺毛沉著聲說，「庭庭，妳身上有媽媽的照片嗎？」

「我發現她時她什麼都沒有，連手機也沒有，沒有照片。」葛宇彤解釋著，指尖點了點桌上紙張，「庭庭，媽媽叫什麼名字妳知道嗎？」

庭庭遲疑幾秒後，終於拿起筆來寫著，幸好這孩子夠大，基本溝通問話還行，孩子最終寫上：「謝依依」三個字，又多一個線索。

「庭庭，剛剛在路上時，妳說妳有看到媽媽對不對？」葛宇彤又問，刺毛困惑的望著她，這是在說什麼？「妳一路上在找媽媽時，看過媽媽幾次？」

她比了個YA。

「看見媽媽時很近嗎？不然妳怎麼知道那是媽媽呢？」葛宇彤朝刺毛眨了眨眼，暗示他稍安勿躁。「妳喜歡畫畫嗎？可以畫給阿姨看媽媽穿什麼樣的衣服？什麼顏色呢？」

林蔚珊聞言趕緊去找出蠟筆跟圖畫紙，擱在桌上時庭庭倒是沒有猶豫，立刻拿起色筆畫圖，林蔚珊負責陪伴，葛宇彤拉著刺毛閃到一邊去。

「剛剛在路上找到她時，她突然說媽媽在附近，但是我回頭看的時候什麼都沒有。」

刺毛眉間皺得更深，明顯露出一副拜託不要再來亂的臉色。「別告訴我是那、個。」

「我沒說是，只是讓你知道情況。」

孩子畫圖倒是挺快的，聽見畫筆沙沙聲沒多久，庭庭便放下了筆。葛宇彤與刺毛挨近，看見的是一個女人，穿著綠色的裙子跟有點小花的鞋子，可是裙子上多了很多咖啡色的筆調，連鞋子上都用紅筆亂撇一通。

「這是什麼？」葛宇彤指向裙子上的褐色。「髒掉了嗎？」

庭庭用力的點頭。

刺毛瞪圓了眼，指向鞋子，「這個紅色的呢？腳受傷了？」

庭庭抬起頭，望著刺毛的眼神裡瞬間盈滿淚水——真的是血！

電光石火間，刺毛倏地起身，嚇了庭庭一大跳。直往旁邊的葛宇彤懷裡撲。

「我回去調查地域跟失蹤人口，有消息立刻通知妳。」他其實一臉不甘願。

「麻煩你囉！」葛宇彤劃滿笑容，「知道我為什麼要找你來了厚？」

「我一點都不想來！」刺毛咬牙切齒的說著，東西一抄，疾步走出外頭，旁邊一票女性同胞冒著粉紅泡泡對他搖手SAY GOODBYE！

他早該知道，葛宇彤找他不會有好事！

『我撿到一個走失的女孩，過來做筆錄吧！P.S. 又有我看不見的人出現在我背後了。』

為什麼他就一定要翻譯成：失蹤人口、無名屍跟趕緊破案呢！

可惡！

第二章

屋內響起刺耳的音樂，庭庭認得那是兒歌，但是音響實在很糟，她聽了只有皺眉，靜靜的坐在地毯上，瞪著門上的電鈴箱看。

「誰啊……」廚房疾步走出繫著圍裙的女人，湊到對講機前一看，按下了開門鈕。

緊接著的動作一氣呵成，拉開木門，打開鐵門，然後人就俐落的踅回廚房了！庭庭見狀立即站起，慌張的跟在葛宇彤身後跑去。

「嗯？妳怎麼跑來了？」葛宇彤好奇的看著跟在後頭的庭庭，剛剛還坐在客廳好好的啊。

她抿著唇搖搖頭，這個阿姨二話不說把門開了，人也不待在外頭，萬一有壞人進來怎麼辦！

葛宇彤聳肩，她撕開泡麵往滾水裡放，再打顆蛋，聽著外頭的關門聲，還有人氣急敗壞走進來的聲音。

「葛宇彤！妳怎麼——」林蔚珊直接衝了進來，看見庭庭人都傻了，「天哪，妳真的把她帶回來？！」

「嗯啊，不然怎麼辦？」葛宇彤相當無奈，「她根本不願意住在機構那裡，硬要跟著我啊！」

「這……這不合規定啊！她應該留在機構裡讓專人照料才對，義工怎麼能讓妳私自帶她回來呢？」林蔚珊焦急的在原地亂轉，她不過就出去一下下，葛宇彤就把人帶走了！「萬一警方要找她怎麼辦？如果媽媽找來了呢？」

庭庭忽然顫了一下身子，往葛宇彤身邊靠去，拉住她的圍裙。

「別怕，記得她嗎？下午是她拿便當給妳吃的啊，她是林阿姨，是個緊張大師。」葛宇彤還有空介紹，都不知道她在焦急什麼！

「葛宇彤！」林蔚珊的口吻簡直是在哀求了，「妳明明知道規定的啊……」

「規矩是用來打破的啊，妳沒聽過？」她一臉理所當然，「而且妳擔心什麼？大家都知道我把她帶回家啊，啊警察妳更不必煩惱了，我跟刺毛說過了，他也知道我電話！」

話、話不是這麼說的啊！林蔚珊頹喪的往身後的牆上靠，為什麼為什麼要讓她帶這種人呢？完全不守規矩還愛管閒事就算了，還惹來一堆魍魎鬼魅，上上次還經歷了撞見厲鬼、被附身，甚至差點死於非命！

不過，她並沒有因此討厭葛宇彤，相反的她內心對她有股欽佩之意，而且也因她救了一個女孩，只是那個被家暴的孩子卻在要被有錢人收養的前夕忽然失蹤了，至今尚未尋獲，令人不勝欷歔。

葛宇彤像個太陽，總是散發著光芒，亮麗的容貌、婀娜的身材，個性膽大包天，老是不按牌理出牌，就連遇鬼都沒在擔心的，抱持「既來之則安之」的心態，她的勇氣是天生的。

林蔚珊心裡對這樣的人有羨慕、有欽佩，但是……也有無奈。

因為，她是負責帶這種人的前輩啊！每次處理正事時，遇上這種不按牌理出牌的人，她的神經動輒就死幾百條啊！

「會長也讓妳帶庭庭出來嗎？」林蔚珊無力的問，她高度懷疑。

「當然沒有，我是帶她出來後才報備的。」葛宇彤扔下青菜，「她根本不願意待在那裡，我又要離開了能怎麼辦？總不能把她扔著吧？」

林蔚珊深吸了一口氣，「妳偷渡她出來？」

「嗯……但是我報備了。」她皺起眉，「林蔚珊，妳要花一個晚上的時間跟我在這邊討論既定的事實，還是幫我把餐桌上的東西拿去微波一下呢？」

天哪！天天天哪！林蔚珊好想仰天長嘯喔！規矩是拿來破壞的？根本是專門給葛宇彤這個人破壞的吧！

她走出去將桌上的魚扔進微波爐裡，即使明白葛宇彤出發點都是好的，但是她胃痛……

「來來來，吃飯了。」葛宇彤開心的端出熱騰騰的麵，「蔚珊，我沒煮妳的，妳自己去煮，櫃子裡有很多種口味。」

「我吃過了。」林蔚珊望著那碗麵，倒抽一口氣，「妳煮什麼？泡麵？」

庭庭很快的拉開椅子坐上去，拿起碗筷就要大快朵頤。

啪！葛宇彤冷不防的往她的小手輕打一下，「妳這樣就要吃了啊？太沒禮貌了吧？」

庭庭愣住了，事實上連站在一旁的林蔚珊也嚇了一跳，葛宇彤凝視著女孩，那眼神絕對稱不上溫柔。

「這裡不是妳家，我不是妳媽媽，所以我沒有義務要照顧妳！不過既然都帶妳來了，自然會讓妳吃讓妳住，但是禮貌很重要。」葛宇彤挑著嘴角，「至少要對人表示感謝之意。」

庭庭瞪著葛宇彤，用力喘了口氣，緩緩把碗筷放下，緊咬著唇從椅子上走下，默默的一個人走回客廳，找個角落坐了下來。

「葛宇彤？」林蔚珊不敢相信的瞪大眼睛，用嘴型說著，「妳幹嘛這樣？」

「基本禮貌要懂啊，她都幾歲了耶，這種事不知道嗎？」葛宇彤倒是沒壓低聲音，深怕庭庭聽不見似的。「如果在機構裡她本來就會受到照顧，但是她現在是在我家耶！」

連一句謝都沒有，而且也沒等她一起開動，她可不允許這種事。

「是妳要帶她來的耶！」林蔚珊噘起嘴，「帶她來就該負責到底。」

「有啊，我煮麵了啊，而且是她死拉著我不放的。我要回來，她就巴在我身上！」葛宇彤嘆口氣，「我沒說不照顧她，但這孩子教養太差，不然妳帶回機構好了，回去那邊隨便她怎樣。」

電光石火間，庭庭起身奔到餐桌邊，以憤慨的眼神瞪著葛宇彤，她倒是勾起一抹驕傲的笑容，雙肘撐桌，雙手優雅的十指輕扣，與庭庭四目相交。

開什麼玩笑，論氣勢她會輸給七歲的女孩？

「唉，庭庭是嗎？」林蔚珊趕緊出聲，「跟阿姨回兒福機構好不好？那邊吃得營養多了，我真不敢相信，妳煮泡麵給她吃？」

「泡麵好吃啊！」葛宇彤挑了挑眉。

林蔚珊伸出手小心翼翼的想搭上庭庭的肩，才觸及，她卻立刻扭開肩膀逃離！還警戒般的瞪了林蔚珊一眼，接著不甚情願的上前，重新坐回桌邊。

雙手擱在膝上，敷衍的對著葛宇彤鞠躬，代表謝謝。

雖然表情是極不甘願，但是葛宇彤不計較這麼多，她只是要教育這女孩的基本禮貌而已；就見她慢條斯理的舉筷，等她開始吃入第一口時，庭庭才開始拿起筷子。

瞧，她是懂的，願不願意而已。

林蔚珊什麼都懶得講了，從微波爐裡拿出熱好的炸魚，「妳都外食嗎？」

「我沒時間下廚。」她將魚遞到庭庭面前，「都給妳，全部吃光。」

庭庭瞥了她一眼，微微點了頭。

林蔚珊見氣氛緩和了些，拉開庭庭身邊的椅子坐下，「她還是不太愛說話嗎？」

「想說時她自然會說，不急。」葛宇彤唏哩呼嚕的吃著麵。「她會透過別的方式表達。」

「庭庭妳放心，今天看到那個很帥氣的警察叔叔一定會很快找到妳媽媽的！」

「喂！」葛宇彤拿筷子在碗邊敲了兩下，「不要隨便給人家希望。」

「咦？我這怎麼……」林蔚珊不悅的蹙眉。

「妳拿什麼給人家保證？不要因為她是小孩就可以亂承諾！」葛宇彤暗暗對林蔚珊使了眼色，她下午明明看過庭庭畫的媽媽啊！

她有不好的預感，很煩的是，她直覺都滿準的。

林蔚珊被這句話堵得啞口無言，默默的低下頭，「對不起。」

庭庭轉向右邊，靜靜的望著林蔚珊幾秒後，突然放下筷子，小手搭上她擱在桌上的手，握了握。

葛宇彤暗自輕笑，這孩子也知道安慰人呢！

林蔚珊尷尬的紅了臉，居然讓一個需要幫助的孩子安慰，有點小丟臉！

「卓警官應該很快就能有消息了吧？不是有媽媽的名字了？」林蔚珊不捨的看著庭庭，

「到底發生什麼事，妳都不想說嗎？」

庭庭不發一語只顧著吃麵，一副不想回答林蔚珊的模樣，依照經驗法則，這個孩子一定出過事，所以才會一個人流落街頭，防衛心重又不愛說話。

「有她跟媽媽的名字要找並非難事，我個人比較好奇的是……」葛宇彤流露出一抹不悅，「她在外面流浪一段時間了，絕對超過二十四小時，但是沒有被列入失蹤人口。」

換句話說，她的家屬並沒有對她的消失報警。

林蔚珊也聽說這件事了，其實有點扯，現在的庭庭是洗乾淨又換過衣服，剛來時全身骯髒，在外面不知道有沒有流浪十天了。

十天來，這孩子是抱持什麼樣的心態流落街頭的呢？葛宇彤只要想起，就會非常想立刻見她家人一面，如果能夠扁一頓就更完美了。

她們很快的吃完晚餐後，葛宇彤削了水果給孩子吃，接下來便給她一本塗鴉本及色筆，讓她在客廳桌子上打發時間。

「妳沒問題嗎？」林蔚珊陪在廚房裡，很擔心的問著。

「沒問題吧？」葛宇彤笑著，「有問題再說，現在想這些沒有用。」

「唉，妳又沒有照顧小孩的經驗！」林蔚珊憂心忡忡，她實在覺得應該讓庭庭回機構才對。

「她都七歲了，窮緊張大師。」葛宇彤沒好氣的把碗盤放進烘碗機裡，「我不太會照顧小孩，所以我會把她當大人。」

「喂！妳這樣我更放心不下了！」林蔚珊頭好痛，認識葛宇彤後，她頭痛胃痛全身都痛，「說認真的，明天就得送回去。」

「我無所謂啊，只要她願意。」這才是重點，那孩子並不想待在機構裡，雖然她也不知道為什麼。

「不管，妳先帶她來就對了。」林蔚珊壓低了聲音，「其他我們來想辦法！」

葛宇彤點點頭，她本來就沒什麼意見，今天若不是庭庭死巴著她不放，她也不會把孩子帶回來；因為她知道林蔚珊的顧慮全部正確，無論如何庭庭都是走失的孩子，應該要放在機構裡等待警方聯繫的。

只是……發生在這孩子身上的事並不尋常，還有她在機構裡畫的那雙腳，都讓她覺得不安。

她想找的媽媽，真的找得回來嗎？

「時候不早了，妳該回去了。」葛宇彤開口請她走人，「我明天一早帶她去機構，然後我得去上班。」

「啊……好。」林蔚珊急忙往客廳去，瞥了眼牆上的鐘，也才十點啊這麼急，「妳的正職是什麼啊？我以為妳沒工作耶！」

「呿，妳真以為我專職義工啊？」葛宇彤笑著為她開啟木門，「至於我的正職妳不必關心，只要知道我是義工就好了。」

嗯？林蔚珊眨眨眼，葛宇彤不想講嗎？這簡直更讓人好奇了，是什麼工作不能說？唉，她在想什麼，這是人家的隱私啊！

「那明天見喔！」林蔚珊臨出門還回頭，暗暗指了客廳，「記住明天早上！」

「知道啦！」葛宇彤趕緊催她走，都十點了，別搞到子時，萬一有什麼東西就不好了。

葛宇彤緩緩關上門，感覺得到背後有扎人的視線，她做了個深呼吸，緩緩回身，茶几邊畫畫的女孩正盯著她瞧，瞬也不瞬。

那是帶有敵意的眼神，她一抹輕笑，背靠上門，雙手交叉胸前。

「怎麼？生什麼氣？」

庭庭噘起嘴，哼的一聲，拿起蠟筆繼續在圖畫紙本上奮力畫著；葛宇彤輕哂的想往前走去，看看她畫的是什麼，連畫畫的力道都超憤慨的。

只是還沒走近，庭庭倏地把畫本蓋起，用極端警戒的眼神看向她。

「好好，不看不看，說一聲不就好了？這麼激動？」她挑高了眉，庭庭真的很怪，絕對遭受到一定的心理創傷。

葛宇彤走到客房去鋪床，她的住所有三十餘坪大，自然備有客房，幾床乾淨的被單跟被子，還為庭庭準備了水杯，好讓她晚上渴的時候可以飲用。

然後……她將枕頭緩緩放下，床頭的檯燈映照著她的身影，但是眼尾餘光卻可以看見，她的身後還有另一個影子。

「誰！」她倏地回身，動作迅速俐落，卻嚇得站在門口的女孩一大跳！

庭庭撫著胸脯瞪圓雙眼，被她那聲嚇得顫了一下身子。

「噢，妳嚇到我了！」葛宇彤吁了口氣，「這麼無聲無息的很容易嚇到人的！」

庭庭一陣錯愕，她覺得自己才是被嚇到的那個人吧！這個阿姨也太怪了！

「浴室有一支黃色的牙刷，那是給妳的，刷完牙可以準備睡覺了，今晚妳就睡這邊。」葛宇彤指指床頭書桌上的水瓶，「這壺也是為妳準備的開水，渴了就喝。」

庭庭點了點頭，旋身往浴室走去，葛宇彤將床尾書桌邊的旋轉椅推正，桌上的東西收疊整齊，盡可能給她簡單的空間。

上床前，庭庭把圖畫本好整以暇的放到枕頭底下，看來那真的是個大秘密，葛宇彤盯著枕下，覺得自己的好奇心全然被點起了。

她主動為庭庭蓋上被子，接著，指指地上。

「那邊有個小屋子造型的小夜燈，燈關掉後會很亮，我的房間在斜對面，有事情叫我……如果妳願意開口的話。」

庭庭點點頭，但她身體看起來很緊繃，像是在擔心什麼。

葛宇彤關上大燈，半掩房門，她也有點擔心，因為這孩子應該是看到了另一個世界的好兄弟好姊妹們，她暫時還沒看見，表示事情不是很嚴重。

以前的她，不算是什麼陰陽眼或是敏感體質，不過交錯了朋友，磁場被感染後就比較容易感受到；再加上某些不得已的因素，算是「潛能開發」吧，只要陰氣夠重，要看到並非難事。當然她本身沒有很希望太常見到這些魍魎鬼魅，看到就心煩，畢竟要能讓她看見，通常都沒有什麼好事情！

回到房裡，她從皮包裡拿出庭庭下午在機構中畫的圖，泥土……她看見這樣的媽媽，是活著時還是……鬼影？

光拿著這張紙都能感受到一股涼意從指尖流進來，她有時候會很討厭這種直覺，哭著上街找媽媽的女孩，為了母親流浪街頭，追尋的卻可能是已經喪生的背影。

手機在桌面震動，瞥了眼是刺毛，滑過手機接起，「有消息嗎？」

『找到她家了！但是問題不小。』電話那頭的聲調壓得很低，卻藏不住怒氣，『他們不只不關心庭庭的失蹤，連她媽媽的失蹤也一樣。』

「……」葛宇彤眉頭一皺，「等等，你說什麼？她媽媽？」

『對，她媽媽也失蹤了！同住在一個屋簷下，但是親人卻不知道她們什麼時候不見的。』刺毛低沉的說著，『他們以為是謝依依帶走女兒去別的地方了！』

「嗄？這什麼理論？」葛宇彤很難相信，「什麼叫帶女兒去別的地方，去哪裡都沒講不覺得奇怪？」

『不然妳以為我為什麼說問題很大？』刺毛身後都是雜音，『總之現在謝依依也是失蹤人口，庭庭應該是真的出去找媽媽的。』

「幾天了？」

『她哥哥說不清楚，至少超過一星期以上了。』刺毛不耐煩的深呼吸，『居然連自己妹妹什麼時候不見的都不知道，真的是扯到爆了！』

「誰的哥哥？謝依依嗎？」葛宇彤挪動椅子往桌邊靠近，趕緊記下要點，「他叫什麼名字？」

『……』手機那頭突然靜默，『我為什麼要告訴妳？』

「喂！這案子是我幫你拿到的耶！」葛宇彤發出不平之鳴，「透露個名字又不會怎樣！」

『偵查階段不接受採訪，謝謝。』刺毛冷哼一聲，『我聽說孩子住妳那邊，妳把她顧好就是。』

「刺毛！」葛宇彤氣呼呼的嚷著，「做人最重要的是什麼？義氣，義——喂？喂？刺毛？

喂——」

可惡！她張大了嘴看著手機，刺毛居然掛她電話？也不想想這案子是她幫他找的耶！雖然他不一定喜歡失蹤案，但、但好歹……

呿！她沒好氣的把手機往桌上扔滑去，看著筆記本上潦草的筆跡，謝依依果然也失蹤了，庭庭真的是追著母親出來，只是連失蹤幾日都不知道，同住的家人竟如此漠不關心……

果然是有問題的家庭，唉，葛宇彤托著腮看著手邊的圖畫紙，謝依依啊，身為母親，妳怎麼捨得丟下才七歲的女兒呢？妳在哪裡呢？

『呀——』

石破天驚的尖叫聲驀地傳來，葛宇彤倏地跳起，那般淒厲遙遠，不是庭庭的叫聲……強大的陰氣旋即瀰漫，她瞪圓了眼感受著陰風颯颯，瞬間佈滿她的家，雞皮疙瘩一顆顆站起，從左至右……她瞪向右邊的窗戶，居然結上一層霜！

庭庭！她二話不說立刻旋身朝左後方的門口奔出，直接衝向十點鐘方向的客房，瞧那門邊黑氣罩頂，居然敢到她家撒野！

滑步而至，一腳踢開客房房門，卻見躺在床上好夢正甜的庭庭，葛宇彤頓時煞住步伐，放輕腳步的走了進去。

「嗯……」庭庭喉間逸出輕吟，鼻息間吐出來的氣是白色的。

是的，很冷……葛宇彤趨前輕觸她伸出被外的手，如冰塊般凍人！她輕柔的為她將被子蓋妥，也感受得到客房裡不尋常的氣息。

昏黃的小夜燈微弱的亮著，她靜靜的環顧四周，她知道有什麼在家裡，甚至在這個房間裡，這種龐大的壓力讓人五臟六腑都難受。

「誰？」她輕問著，深怕吵醒沉睡中的孩子。

喀啦，客廳傳來東西掉落的聲音，她往門外瞥去，連路都不會好好走了嗎？她站在庭庭床邊遲疑著，小夜燈以一種急速的頻率閃爍著，到底在哪裡？有本事侵入她家，就站出來啊！

突然間，細微的聲音自耳邊傳來，葛宇彤微微一怔，直起身子。

她右前方是衣櫃、正右方是房門，左手為床，床尾緊鄰著書桌，聲音來自於左邊十一點鐘方向的桌旁。

她剛剛擺正的那張辦公椅，轉動了。

椅子該是面對著桌子，放得整齊，但現在那附輪的辦公椅正朝她的方向緩緩轉過來，彷彿有個人坐在上頭，並轉過來望著她；葛宇彤喉頭緊窒，卻也不甘示弱的瞪著那張椅子看，空無一人的椅子不僅轉而面向她，連輪子都往後退了幾吋。

『妳……敢兇我女兒……』含糊不清的聲音響起，甚至難以分辨男女。『我的……寶貝……』

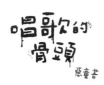

「謝依依嗎？」葛宇彤直接喊了名字，期待著反應。

『啊啊——不許兇我女兒！』咆哮聲起，一股壓力迎面而來，葛宇彤看著辦公椅震盪，知道有什麼東西衝過來了！

左手立即高舉，手腕上的水晶佛珠啪剎的擋下衝來的傢伙，空中一瞬間出現明顯的青色火花，伴隨著痛苦的哀鳴！

『呃啊——』

「誰兇妳女兒了，這麼在乎的話，會丟下她不管！」葛宇彤沉聲低吼，「謝依依，妳人在哪裡！」

又一股風壓逼近，葛宇彤後頸一陣涼意，她倏而回首，卻什麼都沒來得及瞧見，即刻被強勁的力道往後推去！

搞什麼啊！她根本是向後飛去，跌入剛剛面對她的椅子裡！

天！摔進椅子裡的葛宇彤咬著唇，痛死人了！她是栽進椅子裡了，但是摔進去時姿勢不良，眼看著就要滑落之際，椅子竟突然動了起來！

咦？葛宇彤驚覺不對，椅子筆直往前暴衝，根本對準了斜前方的牆壁，她咬牙硬是翻身滾地，椅子砰的撞上白牆，力道大到坐墊竟然折損飛去，砰磅的摔落在地！

如此巨響，庭庭無動於衷。

「好哇……」葛宇彤全身發疼，氣急敗壞的趴在地上，「做鬼不要太超過喔！」

『嗚……嗚嗚……』哭聲在房裡的角落響起，一下子左邊一下子右邊，像是移形換影似的，怒火中燒的葛宇彤吃力的站起，有夠不知感恩的，好歹是她撿到庭庭的吧！

啪的一聲，地板小夜燈的燈泡倏而炸裂，葛宇彤警覺的大步朝前快了兩步，她知道有什麼東西撲了過來，但她動作更快的伸長手，按下擱在床頭櫃上的星辰燈——燈一亮，即刻滿室星斗……不，那是滿室佛號！

葛宇彤嘴裡開始默背適當的咒文，回眸瞪去，看見的是狼狽逃離的身影，自她跟前逃開，不出五秒，寒氣盡退，陰氣明顯地從客房裡退去。

剛剛那近在眼前的傢伙……她怎麼只看到身體？臉呢？是太黑還是來不及看？不過她沒錯過那身上的血跡斑斑，雙腳的確是赤裸帶血帶土，葛宇彤不忍的看向依然熟睡的庭庭，只怕她看見的是真實的「媽媽」。

庭庭依然在夢鄉中，想來對方也不想攪她甜夢，葛宇彤決定開著佛號燈，看向被撞爛的辦公椅，心情更加不爽，真不敢相信，她家算是銅牆鐵壁了，一般鬼是不可能進來的啊！

這麼多的符咒結界怎麼沒用？她得好好找朋友聊聊。

好不容易把椅子殘骸跟無辜陣亡的小夜燈碎片清掃乾淨後，葛宇彤緩緩關上客房門，依然是半掩，家裡溫度跟氣息都已經恢復正常，看來沒有不乾淨的東西徘徊了。

然是半掩，家裡溫度跟氣息都已經恢復正常，看來沒有不乾淨的東西徘徊了。

走到客廳，她沒忘記剛剛發出的聲響，落地的是蠟筆盒，蠟筆散了一地，葛宇彤只得一根根拾撿，沒事對蠟筆生氣做什麼？葛宇彤將盒子蓋上時，蹙起眉沉吟了幾秒。

然後她決定走回客房，悄悄的伸手進枕下，把那本圖畫本給抽出來。

雖然這樣有點不道德，但東西是她的嘛，可以不算偷看嗎？葛宇彤內心天人交戰，但是職業使然，有秘密不挖太對不起自己。

偷偷注視著庭庭，確定她睡得正香，葛宇彤打開了圖畫本。

那一瞬間，她差點滑下了手中的本子。

一個穿著裙子的女人，身上用蠟筆塗滿了紅色與褐色的混雜的色澤，露出的四肢也以錯綜的紅色色筆亂塗，簡單來說，這就是一個全身血紅的女人。

最重要的，是畫裡的女人沒有頭。

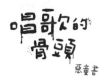

第三章

隔天一早，葛宇彤依約帶著庭庭到了兒福機構，原本庭庭有些反抗，但是葛宇彤說她是那邊的義工，理所當然得到機構去上班後，她才勉強的跟著過來。

「啊……」張大嘴很沒氣質的打了個呵欠，林蔚珊蹙著眉望她。

「怎麼了？一大早就在打呵欠？我幫妳倒杯咖啡好嗎？」林蔚珊彎下腰，笑看著精神飽滿的庭庭，「庭庭呢？吃過早餐了沒？」

庭庭搖了搖頭，葛宇彤真的什麼都沒弄給她吃就出門了。

「我帶她來這邊吃，我省得開伙。」葛宇彤沒好氣的托著腮，「庭庭，妳跟蔚珊阿姨去拿早餐。」

庭庭皺眉，又一臉不情願的模樣，葛宇彤直接瞪圓眼表達出警告，她才乖乖的離開椅子，林蔚珊笑容可掬的對著她，伸出手要牽握，庭庭卻只是瞥了她一眼，別過頭去。

另一位義工媽媽笑吟吟的接她往後走去，庭庭始終不牽任何人的手，永遠都握著小拳頭逕自往前。

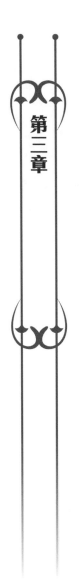

唉，林蔚珊望著那孤僻的背影，當義工也好幾年了，什麼樣的孩子都有，他們的個性源自於無法選擇的家庭環境，她相信只要有足夠的耐性與愛心，孩子們都能感受到的……如果，她感傷的看著葛宇彤，大人也可以這樣被感化的話那該有多好，嗚嗚。

「幹嘛看著我一副要泛淚的樣子？」葛宇彤沒好氣的唸著。

林蔚珊搖搖頭，對她使了眼色，意思是她可以趁現在溜了，因為庭庭要到後頭去取早餐呢。

「不，她不適合待在機構。」葛宇彤立刻回絕，「如果今天沒意外，我還是要帶她回去。」

「葛宇彤？」林蔚珊偷偷望著後頭，確定庭庭還沒出來，「妳在說什麼？昨天就已經不符——」

餘音未落，葛宇彤把長袖薄外套捲起，露出裡面的一大片瘀青，林蔚珊頓時止聲，錯愕的看著那傷痕。

「好痛的樣子……」她趨前，輕輕的撫上那比手掌還大的瘀青。「怎麼回事？」

「她媽搞的。」葛宇彤語重心長的嘆口氣，「氣我昨天兇她吃飯沒禮貌的事。」

只見林蔚珊呆站在葛宇彤身邊，水靈的雙眸先是一陣錯愕，接著快速眨動眼睛顯現一種慌張，最後是微啟小口踉蹌數步，覺得一口氣快吊不上來了！

「天哪……」她摀住雙耳，「妳別又來了啦！」

葛宇彤這種說話態度，就表示有、有有有鬼啦！是真的有「鬼」！不是沒跟葛宇彤配合過，第一次她就親眼看到可怕的鬼了，接下來什麼事都有，她很想堅強，但不代表不害怕啊！

而且她都在祈禱，拜託葛宇彤不要又看到什麼五四三、不要再多管閒事、不要再惹麻煩，不要又扯出一堆好兄弟啦啊啊！

「喂，我也不想啊，受傷的是我耶！」她那什麼態度啊，昨晚要是再慢一點，她說不定跟辦公椅共存亡耶！

林蔚珊突然一怔，這麼說來——她倏地回身，驚訝的張大嘴，「妳意思是說，庭庭她媽媽……」

葛宇彤緩緩闔上雙眼，只怕已經慘遭不測。

林蔚珊詫異的與她對看，心頭涼了半截，難受的挨著她身邊坐下，義工媽媽出來說讓庭庭在裡面跟其他小朋友一起吃，她們會看顧著的。

「妳早就知道了對嗎？」林蔚珊抿著唇，「所以昨天才叫我不要亂說話。」

「昨天是猜的。」葛宇彤歪著頭，「其實現在也是猜的，只是我有九成的把握而已。」

「哎唷……」林蔚珊雙手抱頭，極端沮喪的把頭埋在肘間，「我還跟她說什麼很快會找到，天哪……」

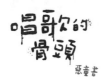

「妳又不知道！」葛宇彤推了她一把，「妳要知道幹嘛當義工，去幫刺毛他們找命案就好了！」

嘖！林蔚珊抬起頭沒好氣的看著她，什麼跟什麼啦！她的確不知道庭庭媽媽可能已遭不測的事，只能祈禱庭庭千萬不要把她的話當真，也祈禱葛宇彤「猜錯」了。

雖然，她很不想這麼說，可是葛宇彤很少猜錯。

別看她感覺很像很衝，但其實她精明得很，就算做了違反規定的事也都有其目的，並且能達到那個目的。

沒有把握，她是不會這麼說的……更何況，她都被鬼攻擊了，不然呢？

葛宇彤從口袋裡掏出一個粉紅小袋子，小心翼翼的放進包包裡，林蔚珊狐疑的看著那跟她完全不搭配的東西。

「那什麼？這麼可愛的粉紅色？」

「庭庭送我的，感覺是她的寶貝，交給我時超慎重的。」葛宇彤嘆口氣，「這算孩子信任我吧！」

「嗯！」林蔚珊笑了起來，「超感動的，妳居然能讓孩子感動！」

「閉嘴喔！」葛宇彤難得有點開心

「好好，我去陪庭庭。」林蔚珊嘆了口氣，站起身。

「妳沒有錯，不需要自責，也不要用那張臉面對庭庭。」葛宇彤昂首望著她，「暫時還不能讓她知道，妳比我懂孩子的心理。」

林蔚珊點了點頭，葛宇彤知道她心腸軟又多愁善感，這麼點小事就會夠她鑽牛角尖的了。

「蔚珊！」職員急忙走了進來，「有警察來了！指名找妳！」

「咦？警察？」林蔚珊愣了一下，「確定找我？」

「嗯，就是那個很帥的卓警官啊！」職員笑得很興奮，「他帶了一些人來，我讓他到辦公室去等了。」

啊……林蔚珊直接看向葛宇彤，她大小姐已經起身揹過包包，「我先去找他，他應該是來找我的啦！」

「我想也是。」林蔚珊乾笑，只是卓警官可能不知道葛宇彤一大早人就在這裡了，而她算是葛宇彤的學姐，所以……「那現在要咖啡了嗎？」

「要，幫我倒大杯一點，加三包糖。」葛宇彤雙手合十，「拜託了！」

話說完她人就走了，林蔚珊默記著加三包糖，怪了，葛宇彤什麼時候喝咖啡加糖啊，她記得她是喝黑咖啡的人啊！搔搔頭還在狐疑，林蔚珊突然嘖了一聲！

可惡！為什麼是她幫她倒咖啡啊！她怎麼又呆了！

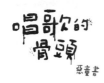

葛宇彤大方走進辦公室時，刺毛差點沒把剛喝進口的咖啡給噴出來，他瞪圓了眼不敢相信她現在在這裡？

「早！」葛宇彤掃視一圈，他今天帶了兩三個警察來啊，「你喝什麼？卡布半糖？」這叫明知故問，她知道刺毛平常喝什麼。

「嗯？」刺毛看著手中的星巴克，「託妳的福，昨天才睡四小時。」

「我連睡都沒睡。」葛宇彤直接抽走他手裡的星巴克，「林蔚珊等等會倒杯新的給你。」

咦？刺毛望著手裡空空如也，身後的學弟也都倒抽一口氣，這個美女大方走進來，向前一探身就抽走學長的咖啡杯耶！而且學長不但沒有反擊，還只是皺起眉頭？

天哪！學弟們面面相覷，上次有個新來的只是從學長手中抽走一包糖包，就被過肩摔到五公尺遠的地方去，三天下不了床……從此以後沒有人敢從學長手中冷不防的拿走任何東西啊！

「妳……不是只喝黑咖啡嗎？」刺毛聲音沉了八度，「卡布奇諾奶多糖多……」

「星巴克的我可以接受，啊啊來了！」隔著茶几她栽進沙發裡，長腿交疊，林蔚珊適時走進。

她還對葛宇彤手上的咖啡愣了一下，然後葛宇彤指指對面，咖啡是要給刺毛的；這是在幹嘛？葛宇彤搶警官的咖啡喝嗎？

「早。」刺毛抬首，對著林蔚珊溫和的笑著，「謝謝妳。」

「不會……」林蔚珊有些緊張地看著數位警察，「怎麼這麼早就……帶這些人來？」

「有的是見習，我帶他們過來走走。」刺毛把糖一包接一包倒進咖啡裡，「妳當他們不存在就好。」

最好可以當作不存在……卓璟璿短髮小平頭，體格之健壯，身高一百九英姿颯爽，他身旁的每個學弟平均也有一百八，全是肌肉男，這太難忽視了。

「為庭庭來的？」對面的葛宇彤悠哉悠哉的靠在沙發上，毫不介意的喝著刺毛才喝過的咖啡。

「嗯。」刺毛應著，眼神卻看向林蔚珊，「昨天我們依照庭庭給的名字，找到了她住的地方，但是並沒有找到謝依依。」

「噢……」林蔚珊眼神閃爍，下意識撇頭看了葛宇彤一眼。「嗯，我知道，她……就……」

葛宇彤偷偷在她背上刺了一下，鎮定點啦！但是這一切盡入刺毛眼底，他皺起濃眉，眼神不客氣的瞥向了葛宇彤。

咳！她即刻別過頭，喝咖啡喝咖啡。

「不過我們找到庭庭的舅舅，她們是跟舅舅住在一起，只是大家都以為是謝依依帶著庭庭離家出走。」刺毛像例行報告般的對林蔚珊說著，「因此目前謝依依也還是失蹤人口，但由於庭庭有家人，所以她不需要再待在這裡了。」

「咦？」林蔚珊直起身子，「那個舅舅嗎？」

「是的，謝先生知道庭庭沒跟母親在一起也很驚訝，既然有親人，就沒有理由再待下來。」刺毛微微撇頭，「謝先生已經在另外一個房間，我帶他來接庭庭回去。」

對啊，庭庭應該還有別的家人的，林蔚珊點了點頭，孩子還是回去親人身邊才是最恰當的。

「不過我希望瞞著庭庭她媽媽的事情……就說失蹤就好。」林蔚珊誠懇的請求著，「家人之間也要盡量配合，畢竟她才七歲，又是為了找媽媽才流落街頭的……」

唉！葛宇彤沒好氣的閉上雙眼，真是什麼秘密都不能跟林蔚珊說！

「我能理解，真的。」刺毛雙眼瞇了起來，「不過謝依依本來就是失蹤，林小姐希望我們瞞著的事情是？」

欸！林蔚珊一怔，突然啊的一聲摀住嘴巴，糟糕，她不小心露出馬腳了！她緊張的回頭看向一手正撫著太陽穴的葛宇彤，焦急不已。

「拜託妳不要轉過來……」葛宇彤伸直右手，把她的頭推正，面向刺毛。

她這樣看過來刺毛還不知道嗎？

刺毛冷冷的看著葛宇彤，就知道有事瞞他，他平靜的要其他警察協助謝先生跟庭庭的事情，也請林蔚珊幫忙，意思其實就是清場。

林蔚珊火速的站起，根本是帶著其他警察逃離現場的，這時候當然要三十六計走為上策啊！不然葛宇彤會罵死她的！所以沒幾秒，辦公室裡就剩下他跟葛宇彤。

「我還特地打電話跟妳說謝依依失蹤的事情，做人最重要不是義氣嗎？妳居然沒跟我交換資訊？」刺毛挑高了眉。

咳！葛宇彤自知理虧，又喝了口咖啡才緩緩轉向正面，「啊你又不告訴我謝先生的名字？好好好，說就說，擺什麼臉？」

「葛宇彤。」刺毛身子微微前傾，「妳是不是招惹了什麼麻煩給我？」

「說不定是大案子？」她尷尬的笑笑，將咖啡杯往桌上放，「昨天我看見謝依依了。」

刺毛嚴肅的蹙眉，「哪裡？」

「我家，子時後來的。」葛宇彤大方的把袖子挽起，「我昨晚兇了庭庭，她晚上就找我算帳，這是昨天對戰時受的傷。」

刺毛濃密的劍眉緊皺，銳利的眼瞅著葛宇彤，她只是淺淺一笑，聳了聳肩。

「該死！」他低咒粗聲，踹了一腳眼前的茶几，「她已經——」

「嗯，而且在以極端的方式保護庭庭。」葛宇彤壓低了聲音，「我覺得她死得不尋常……」

「我真恨怪力亂神。」刺毛氣得雙手握拳。

「我知道我知道，但是你親眼看過了啊！」葛宇彤拿出手機，開始滑照片，「昨天晚上我拿圖畫本讓庭庭畫畫，她畫得才精采咧！」

才遞上手機，刺毛立刻接過，他不解的看著葛宇彤拍下的照片，滑上滑下，放大縮小，這怎麼看都是……一個女人？

「這在畫誰？」他放大肩膀的地方，「沒有頭？」

葛宇彤彈指，「昨晚我沒看清楚，因為對方一開始沒現身，不過我記憶中沒看到臉……沒看到頭。」

刺毛只沉吟了幾秒，倏地站了起來！

「如果沒有頭，就不是單純的出事或是意外了……天哪！」刺毛嚴肅的看著她，「葛宇彤，妳這消息可靠度有多少？」

「什麼消息，那是千真萬確的鬼！」葛宇彤也站了起來，「你知道這種事我不開玩笑的，你不能拿這個理由去處理案子，但是可以隱約的朝這個方向……」

「他殺，被誰殺的？」刺毛立即組織，「為什麼庭庭會畫這張圖？她也看見了？」

「這我不清楚，她在追尋母親、似乎跟著母親走，就昨晚的狀況，我確信她身邊有鬼魂在保護，這可以解釋為什麼流浪這些日子沒出事，也能解釋她一直覺得有看過媽媽。」葛宇彤瞥著手機上的圖，「但是這種渾身是血又沒頭的畫面？我不認為當媽的會讓孩子看到自己變成這樣子。」

「同感，這樣子連講話都有困難。」刺毛義正詞嚴的回應著。

「……」葛宇彤失聲而笑，使勁拍了他一下，「喂，我不知道你這麼會搞笑耶！」刺毛一絲笑容也無，就望著自己被打的肩頭，「我不知道有哪裡好笑的？沒有頭怎麼說話？」

「噗……」葛宇彤又笑了起來，「好好，不好笑不好笑！我提供了天大的線索給你了喔，欠我一份人情。」

「妳欠我幾百份了？」刺毛昂首闊步朝外走去。

「喂！合作無間嘛！」葛宇彤裝可憐的說著，「我這小小記者也是要靠大警察幫的……」

「我不要——我不要——」

才開門，就聽見門外聲嘶力竭的哭喊聲，葛宇彤跟刺毛只對看了一眼，立刻往聲音的方向奔了過去！

在機構大門那裡，庭庭緊抱著林蔚珊嚎啕大哭，一旁站著有些尷尬狼狽的中年男人，慌張的看著她。

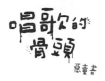

「庭庭，是舅舅啊！」謝棋仁喚著，「妳怎麼了，不認得舅舅了嗎？她怎麼會這樣！」

「庭庭……欸。」被抱得死緊的林蔚珊也不知道，「她獨自在外面流浪過，中途遇到什麼事我們也不清楚，多少會有點反常。」

「唉。」謝棋仁蹲下身子，與庭庭一般高，「妳吃苦了，舅舅以為妳跟媽媽在一起，不知道妳一個人在外面受苦……不要怕，舅舅現在來接妳了啊！」

「嗚哇哇……」庭庭埋在林蔚珊的腹間持續哭泣，完全不鬆手。

趕到的葛宇彤繞到林蔚珊身邊，刺毛則問同袍發生什麼事，原本以為簡單的接孩子回去，誰知道那女孩一見到謝棋仁就拚命退後，說要帶她回去時好不容易終於開了口，第一句就是：我不要。

葛宇彤輕輕按著庭庭的肩膀，可以感受到她的顫抖，這孩子在害怕什麼嗎？

「謝先生？」葛宇彤看向謝棋仁，堆滿微笑，「你對她做了什麼事？」

咦咦咦咦？在場所有人員義工都傻了，林蔚珊更是在腦海中迴盪著尖叫聲，葛宇彤──妳在幹什麼？

「什麼？」謝棋仁愣住了，有些驚慌，「我對她、我對她做了什麼？」

「你打她？猥褻她？」她漂亮的眼睛盯著謝棋仁的眼睛。

「妳在胡說什麼！」謝棋仁臉立刻漲紅，怒氣沖沖的大聲起來，「妳、妳是誰！」

「不然為什麼庭庭會對你這個同住一個屋簷下的舅舅這麼排斥？」葛宇彤握住庭庭的手，「庭庭，妳說，舅舅做了什——」

餘音未落，一堆義工立刻衝出來擋在謝棋仁跟葛宇彤中間，林蔚珊飛快的帶著笑臉奔到謝棋仁面前。

「真是對不起，她新來的不太清楚狀況。」林蔚珊笑得很僵硬，「她說話衝了點請您諒解，不過庭庭這個樣子我們也不是很放心……要不要過兩天再來？」

邊說，她求救的眼神邊瞟向了刺毛。

「喂，你們幹嘛，庭庭不是跟舅舅住在一起嗎？」葛宇彤還在後面高聲嚷嚷，「流落街頭這麼多天見到家人不可能是這個樣子，這怎麼想都有問題！」

「妳……妳這女人血口噴人！」謝棋仁吼了起來，「小心我、我告妳！」

「等等，大家都冷靜！」刺毛終於出聲，他信步走出，「喂，妳說話不能婉轉點嗎？」

「我很婉轉了。」葛宇彤還裝委屈，事實上用這種方式，才能觀察到謝棋仁的反應，是否會惱羞成怒？還是會慌張不已？「庭庭，不然妳說。」

庭庭收緊手臂的力量，表達了她不想離開。

幾個義工媽媽好言相勸也沒用，庭庭纏著葛宇彤，就像昨天一樣。

現場一陣混亂，唯葛宇彤跟刺毛頻頻交換眼色，就他們「預先得知」的消息來看，庭庭的反應還代表了另一層意義。

最後在警方跟兒福義工的調解下，庭庭暫時不回家，她排拒得太嚴重，警方也以這個為由，說要對庭庭做心理諮詢；謝棋仁後來怒氣沖沖的罵了好長一串，覺得人格受辱，還有庭庭的狀況只是因為媽媽走丟而已，根本沒這麼嚴重……

只是庭庭不願意，兒福不可能強逼她回去。

葛宇彤必須再次照顧庭庭，因為庭庭後來寸步不離的跟在她身邊，小手緊緊拉著她的褲子，連上廁所她都在門口守著。

「她看到了什麼？」

葛宇彤嚇得差點尖叫出聲，她好不容易才逼庭庭睡午覺，保證不會扔下她，想到休息室打個盹，一進門就被站在門邊的人嚇著。

「你還在這裡？」她不可思議的看著平頭男。

「我剛到，我以謝棋仁為目標，去問附近鄰居他們的狀況。」刺毛用下巴指指茶几，「妳還沒吃吧？」

「隨便吃了幾片餅——」她忽然看見桌上香味四溢的炸雞桶，「噢噢噢，天哪！刺毛，你今天怎麼良心發現了！」

「快吃！」他沒好氣的唸著，「感謝妳的情報。」

「欸，少來，情報換情報。」葛宇彤噘起嘴，「別想用炸雞桶打發我。」

刺毛撇撇嘴笑著，「言歸正傳，庭庭的狀況。」

「嗯，我也覺得她看到了什麼，否則不會這麼排斥跟舅舅回去。」葛宇彤拿起雞塊啃著，「不過家屬來有好處，至少庭庭開口說話了。」

「我問過附近的人，都說他們家很普通，而且還說謝棋仁跟謝依依感情非常好。」刺毛嘆了口氣，「如果真如妳所言，必須找到謝依依的屍體才行，否則我做什麼都綁手綁腳。」

連證實謝依依死亡都做不到。

「不過庭庭能待在這裡多久？」葛宇彤滿嘴塞著食物問，「她有親人有家，如果謝棋仁積極的話，她可以在這邊待這麼久嗎？」

「很難，除非證明庭庭受虐或是謝家有什麼問題。」刺毛也無奈，「否則不管是這裡或是妳，都不能留她。」

葛宇彤難掩憂心，她直覺就是不妙，「讓庭庭回去……」

喀啦——一旁辦公室桌上的筆筒倏地倒下，葛宇彤嚇得向左看去，筆筒向前傾倒，裡頭的筆都散落而出。

問題是，筆筒左為月曆右為電子鐘，好端端的立在那兒，為什麼會倒下？連刺毛都覺得怪異上前，葛宇彤抬腳擋住他的去向。

「幹嘛？」他睨著她的腳。

「坐下吧，陪我吃。」她堆著笑容，向倒下的筆筒瞥了一眼，「看來，連她媽媽都不同意讓庭庭回去呢。」

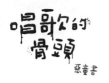

第四章

下弦月，城市光害嚴重，漆黑的天空中看不到太多星光，時序即將入冬，天氣也逐漸轉冷，葛宇彤帶著庭庭吃完飯後，就帶她去散步，不過她還是存有心機，刻意到庭庭學校附近的公園走走。

庭庭也不傻，一看到熟悉的景色，牽握得更緊。

「別擔心，妳今晚還是住我那邊。」發現她的憂慮，葛宇彤趕緊給她定心丸。庭庭抬頭瞥了她一眼，默默點點頭，雖然上午她開過口，可是爾後卻又恢復靜默，而且變得更孤僻。

「現在只有我們兩個人，妳偷偷跟我說，妳為什麼不想跟舅舅在一起？」

庭庭低垂著頭，只是緊緊牽握著葛宇彤的手，又什麼都不說。

唉，葛宇彤實在頭疼，「妳看見過什麼嗎？」

突然間，庭庭停下了腳步，她昂首望著葛宇彤的雙眼圓大晶亮，像是應和著她的問題。

葛宇彤眼見機不可失，才想繼續問著，庭庭卻突然朝右邊轉去，皺了皺眉，有個聲音隱約傳至，連葛宇彤都聽見了。

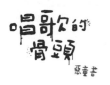

庭庭下一秒竟鬆開了手，筆直的朝著聲音的方向走去。

「庭庭！」葛宇彤趕緊跟上，真的有個聲音，現在還分不清楚是什麼，不過像是音樂聲。學校附近的公園並不小，但是時間不早了，飯後運動的人都返家了，致使公園裡人煙稀少，扶蔭的綠樹總是輕易遮去路燈的光源，讓小徑黯淡；乘著晚風，庭庭幾乎是小跑步的在小徑上追尋，葛宇彤則緊跟在後……

直到她聽見了清楚的聲音，那是歌聲，有人正在歌唱。

「庭庭慢點！」葛宇彤伸手拉住庭庭，不讓她再往前跑，而是跟著她一起往前走。

約莫二十公尺處的左邊角落，有間小屋子被數棵大樹包圍，屋外有盞應該是白熾燈的路燈，但現在看起來竟透著點靛紫色的光，映照在被樹蔭包圍的空間，有種詭異的氛圍。

庭庭伸出小手指向那小屋，歌聲是從裡面發出來的。

「那是廁所……」原來是公園的公廁，真是好嘹亮的聲音，竟可以傳這麼遠？

歌聲越來越清楚，是女人的嗓音，只是唱什麼聽不清楚，但音調幽咽，怎麼會有人在廁所裡唱歌呢？她知道在浴室唱歌會覺得自己像歌后，問題是這兒是公共場所耶！

「庭庭，妳在這裡等我。」葛宇彤把女孩拉到旁邊一棵樹下，「從這裡可以看到廁所對不對？」

庭庭點點頭，公廁剛好在這小徑的轉角，從這棵樹看過去剛剛好是十一點鐘方向。

「如果我很久很久沒出來，妳就打電話給刺毛叔叔。」葛宇彤把手機交給庭庭，「這個電話的圖案按下去，這個就是刺毛叔叔……打給他就對了。」

庭庭皺眉，伸手抓住她的衣服，有些恐懼的搖了搖頭。

「沒事，我只是以防萬一，老師有教吧？廁所裡有時候都有變態！」葛宇彤笑著說，「所以我先去看有沒有人躲在裡面，這個只是預防而已。」

庭庭眉頭皺得更緊了，她面有難色，但還是鬆開小手。

葛宇彤起了身，再三交代她千萬不能過來，手機上的鐘過了五分鐘她沒走出來，就立刻離開這邊，打電話給刺毛。

歌聲沒有間斷，隨著越靠近公廁越加明顯，葛宇彤走到了公廁前，吹來的涼風並非正常夜風，從她立起的寒毛可以略知一二；這種氛圍跟氣息都不尋常，一旁的路燈啪嘰的暗去，兩秒後亮起，她回眸向上望去，惹人厭的東西又來了。

聲音自然來自女廁，葛宇彤放輕腳步走近，站在門口就可以看見這公廁並不大，僅兩間廁所，未鎖緊的門顯示並無人煙，既然沒有人，就不該有聲音。

呼，她做了幾個深呼吸跟心理準備，小心翼翼的踏進女廁——就在這剎那，聲音驟止！

「搞什麼？」她皺眉，廁所裡現在竟一絲聲音也沒有。

冷汗滑下，她還是不想空手而返，伸手勾著廁所門外的拉鉤，輕輕拉開，空無一人，兩間都一樣;這叫人有點惱怒,既然都發出聲音引人來了,怎麼又不現身呢?

煩!她低咒著,旋身離開,再唱歌就不理妳了!

就在她轉過身子,即將離開廁所的同時,眼前的公廁大門竟然咻的滑動,直接在她面前關上!

「哇!」葛宇彤差一點就被門夾住,望著疾速關上的大門,她一陣錯愕——這又是在搞什麼?

回身立刻呈現警戒狀態,公廁真的不大,大門進入後左手邊凹處是洗手台,走道僅一個洗手台寬,兩間廁所與走道呈現垂直方向,現下兩扇門在她面前,門閂上顯示綠色無人狀態。

電光石火間,兩扇米白色的門陡然一拉,往裡頭靠緊門上,綠色頓成紅色,明明白白的告訴她——現在廁所裡有三個人了!

葛宇彤飛快地取下腕上水晶佛珠,套在手掌心上,緊緊握拳就拿佛珠當手指虎防備著,下一秒跟前的門突然開啟,一陣惡臭冷風迎面襲來,但是她什麼都沒看見!

下意識的移動身子,強勁的力道竟跟著重擊在耳邊,還沒來得及思考萬一剛剛沒閃會發生什麼事,一巴掌竟然就招呼上來!

「哇……」葛宇彤被打得向旁踉蹌,簡直不敢相信,「幹什麼!居然敢打我!」

餘音未落,她感受到壓力直襲而來,兩個施力點分別落在左右雙肩,她居然直接被推向後，雙腳離地還重重的撞上後牆！

啊……背部重擊上牆面，疼痛襲來，彎著腰的她還沒站起，立刻感受到有人拽過她的手臂，再往前扯。

葛宇彤一咬牙，倏地朝著眼前的空氣揮拳而去。

『呃啊——』悲鳴聲立即響起，手上力道一鬆，她狼狽的攙著牆站起，剛好直視著鏡中的自己。

以及在鏡裡，一個沒有頭的女人！

女人渾身是血，一身衣服已經破敗不堪，她被佛珠傷及，撐著洗手台重新站起，葛宇彤看著那頸子上的斷口，平整到不可思議……那是刀子砍的，絕對不是意外！

『不許傷害……庭庭！』空中忽然傳來歌聲，帶著清晰可辨的歌詞，『永遠不許傷害我的寶貝！』

下一秒，那無頭的女人就衝了過來。

都看得見了，要是再被打的話，就太遜了！葛宇彤算準了距離，看著衝過來的女鬼，緊握的雙拳做出拳擊姿勢，就等她衝過——現在！

一拳揮出，正中，那是種奇妙的感覺，明明什麼都沒碰到，彷彿在空氣中出拳，但是青色的火花還是在拳頭上方一閃而逝。

飛快地再看向鏡子，只剩下她自己的身影，看向拳上的水晶佛珠，果然罩上一層灰濛濛的鬼氣，幸好這種處理方式很簡單，洗一洗丟進冷凍庫裡就好了。

撫著發疼的肚子，她半彎著腰走向衝出鬼的那間廁所。

「有事用說的。」她咬著牙說，「還有請妳搞清楚，我是在照顧庭庭，傷害什麼鬼啊！」

二話不說一骨碌拉開那扇門，裡頭依然什麼都沒有，葛宇彤仔細的環顧四周，公廁裡哪有什麼可以藏人的地方呢？

呿！她最討厭這種不乾不脆的人了，要表達什麼也不清楚些，只是她左手才勾著門緣甩上，那女鬼竟就站在門後！

「什……」來不及喊些什麼，女人雙手再次抓住她的衣服，直接將她半舉起身子，狠狠的往鏡子上甩去，「哇——啊！」

身子撞碎鏡子，又重重摔上洗手台，陶瓷洗手台應聲碎裂，水柱噴灑而出，而葛宇彤整個人跌在陶瓷堆上，紅血立刻和著水汩汩流出……

天……葛宇彤痛苦的趴在又髒又臭又冷的地上，全身都因為衝擊而疼痛，但是怒火跟著上揚，她現在是招誰惹誰？幫人家照顧小孩還被這樣回報？

她從頭到尾，應該都沒有犯到鬼？

「讓我流血就是妳白痴了。」她咬著牙，看著站在跟前的那雙腳，一如庭庭所繪，血混著土蓋在腳上，而那雙腳上傷痕累累，還有指甲掀了起來。

忍著痛把摔落到一邊的佛珠勾回，隨手往流出的血上一抹，直接朝著逼近的那雙腳扔去，送妳啦！

『嘎——呀——啊！』慘叫聲立刻傳來，鬼影倏地消失，佛珠落地，擲地有聲。

葛宇彤撐著身子，忍不住一連串低咒，她背部好痛，想來是被陶瓷邊緣刮傷，伸長左手拿過佛珠，就不信她的血和著佛珠她還能囂張？

歌聲，突然又逸了出來，依然輕柔帶著悲傷，這次沒有歌詞，只有嗚咽的曲調；曲著手肘趴在地上的葛宇彤回首，聲音清楚的來自於身後，那間一直找她麻煩的廁所。

她吃力的扶著牆站起，發現自己快跟那女鬼一樣渾身是血，跛著腳再度進入那房間，歌聲越來越急，也越來越清楚。

眼神瞟向這間廁所唯一能藏東西的地方，她伸直了傷勢比較輕的左腳，把垃圾桶蓋給揭開……裡面就是一些使用過的衛生紙，葛宇彤不想浪費時間，直接把垃圾桶踢倒，那瞬間，歌聲消失了。

衛生紙散落一地，可是垃圾桶裡還有個東西卡著，葛宇彤扣著門緣蹲下身子，再用腳把垃圾桶勾前，她實在痛到不想探身去拿；垃圾桶裡塞了一個東西，她緊抿著唇，幾乎猜得到什麼。

伸手握住塑膠袋的結，她平復情緒，做好心理準備，將東西緩緩從垃圾桶裡抽出來，雖然有點卡住，但不至於太費力。

只是一抽出來，她就緊閉上眼別過頭去，瞬間鬆開了手。

那是個球體，瀰漫著詭異的氣味，不是噁心的腐臭，是更加令人不快的霉味；光是提握就可以感受到多層塑膠袋的包裹，無法看出那球體的樣子，她現在也不希望看出什麼，只知道所有不該有的揣測都出來了。

『為什麼要殺了我……我只想跟寶貝過日子……我只想跟庭庭一起生活，為什麼要殺了我？』歌聲再度響起，那是沒聽過的聲調，可是歌詞一清二楚，『他殺了我他殺了我他也殺了我……』

葛宇彤無力的靠著門緣坐下，嚥了口口水，她幾乎百分之百確定歌聲是從地上那塑膠袋包裹的球狀物傳出來的。

「冤有頭債有主，我可沒殺妳。」她遲疑的伸出手，微微發顫，一邊告訴自己應該等警察來，一邊又很想知道原委……

嘖，手機在庭庭那邊，可惜了！

她深吸了一口氣，用力往那圓球壓下去——圓的？再轉個方向、圓的……再轉……鼻子。

她僵硬的停下動作，鼻尖在掌心，手指往上壓一些，可以感受到像眼睛的部分，再往下移一點……嘴巴嗎？這種狀況早已摸不到柔軟，這觸感便是她所想的，剛剛攻擊她的女鬼所欠缺的東西……

電光石火間，她指尖觸及的嘴驀地張開了！

『他殺了我他殺了我他也殺了我！』激動的高歌著，葛宇彤嚇得縮回手。

這是人頭，她確認無誤了！

「葛宇彤！」外頭突然傳來吼聲。

唰喀啦喀啦——公廁的門冷不防的被推開，手電筒往裡頭照了進來，葛宇彤以手遮光，看見的是好幾雙腳，以及那個小小的女孩。

庭庭圓亮的雙眸正淌著淚，小手顫抖著，「媽媽？」

紅色的警示燈在夜裡閃呀閃的，大型白熾燈照亮了整個區域，黃色的封鎖線將公廁團團圍住，大批警力進駐，而閃光燈此起彼落，許多記者被擋在外圍。

救護車停在公園裡，葛宇彤坐在裡頭以避開所有拚命偷拍的記者們，接受初步的消毒治

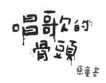

療。

她身上到處都是割傷，有些傷口比較大的還需要縫合，不過她倒是不怎麼擔心傷勢，只顧著伸長頸子想往公廁那邊看，啊，鑑識小組進去了，應該在搜證了，檢察官也到了，不過那顆頭還沒拿出來，是先在裡面勘驗嗎？

「啊……」她唉唷的正首，醫護人員正拔下她手臂上的碎片。「痛！」

「好不容易聽妳喊痛了。」醫護人員相當訝異，「我剛以為妳神經系統受損呢！」

「呸呸呸！什麼受損，我是分心好嗎？」葛宇彤又往外看去，終於看見挺拔的身影自廁所步出，筆直朝這裡走來。

「怎麼怎麼？」她一雙眼熠熠有光，刺毛看得搖頭，不知道的人還以為她在廁所發現金塊了咧！

「她怎麼了？」刺毛沒理她，逕自看向醫護人員，「有大礙嗎？」

「沒有，都是小傷，不過等等還是照一下X光確認有沒有內傷。」醫護人員誠實以告。

刺毛點了點頭，接著便請醫護人員暫時避開，他有事要跟葛宇彤談；葛宇彤可開心了，她正襟危坐，專注的望著坐下的刺毛，他取下口罩，臉色不甚好看。

「庭庭被接回去了。」

葛宇彤一時反應不及，「什……什麼？」

「另一個警察接手處理庭庭的事，謝棋仁又跑去說要接她回去，沒有任何具體事證下，我們必須把她還給家屬。」

「庭庭醒了嗎？」葛宇彤微惱，剛剛庭庭喊了聲媽媽後當場暈倒，根本什麼都不知道！

「別激動，謝棋仁接走時她已經醒了，不但沒有反抗，還很熱切的握著謝棋仁的手，說她聽見媽媽唱歌了。」刺毛凝睇著葛宇彤，她冷不防打了個寒顫。

聽見媽媽唱歌了……是啊，在刺毛把門給打開那瞬間，庭庭就站在門前，喊著媽媽，當女兒的怎麼會聽不出來媽媽的歌聲？

「是……謝依依嗎？」葛宇彤低聲問著。

「還不知道，必須進行檢驗。」刺毛仍舊望著她，「妳知道是顆人頭對吧？」

「嗯，我摸過了。」她大方的點頭，刺毛立刻擰眉，「我又沒拆開幹嘛那個臉？我就是這樣壓著摸著，感覺到鼻子……然後……」

她遲疑了，張開右掌心凝視著，那袋中嘴巴突然張開的觸感依然存在著。

「怎麼？」刺毛知道她情緒正緊繃。

「她唱歌了。」她抬起頭，「就我摸著她嘴唇時唱歌，嘴巴打開，我就確定那是顆人頭了。」

刺毛不語，緩緩閉上雙眼，又是重重嘆了口氣。

「庭庭說聽見有人在唱歌，所以妳便循著聲音過去？」據庭庭的說法，那是她媽媽的歌聲。

「嗯，一進去就變這樣。」她看著傷痕累累的自己，「我照顧庭庭她還覺得我要傷害她，真是個極端保護的媽媽。」

刺毛深鎖眉心，接到葛宇彤的電話時原本以為是庭庭出事，怎知當說話聲是個哭泣的孩子時他更加緊張，庭庭語焉不詳的說葛宇彤進去後就沒有再出來，受驚的孩子說話根本不清不楚，他趕緊主動提問，知道了學校、公園跟廁所後，就殺了過來。

這裡離轄區也很近，一下就找到庭庭。

「我找到庭庭時，她跟我說……」刺毛一臉沉重，「媽媽跟阿姨在廁所，我就知道不對勁了。」

葛宇彤笑了起來，「謝謝你這麼相信我。」

「我不想好嗎？」他並不希望謝依依已經身故，偏偏葛宇彤還真的不隨便亂說，有鬼便是有鬼，她昨晚受的傷已經證實一切。「等等我到醫院做筆錄。」

「欸，我按實說嗎？說聽見人頭在唱歌？」葛宇彤挑了挑眉，一抹媚笑，「你懂我在說什麼，還有我怎麼受傷的？被鬼傷？」

「照實說。」他點了點頭，「做筆錄的是我。」

哇喔！葛宇彤眨眨眼，好生訝異，「你這階級來幫我做筆錄，這怎麼敢當？」

「我不想折損新人，我就怕聽完妳的筆錄，他明天就請調！」刺毛沒好氣的扯著嘴角，「妳怎麼又傷成這樣？無緣無故攻擊妳幹嘛？」

「不太會無緣無故，我應該有什麼事惹到她了。」葛宇彤也很無奈的聳肩，「對了，廁所沒有腐臭味，謝依依剛死嗎？」

但是依照庭庭看見的媽媽，照理說已經有數天的時間……還是凍著？

提及此，刺毛的臉色就更難看了，他緊抿著唇，相當嚴肅的皺眉，在思考是否要跟葛宇彤說。

「喂，我聽見人頭在唱歌的，我找到屍體的……一部分的。」她不平的嚷著，「我還為此受傷，喪失了拍照的機會……啊對，我要人頭照，你得幫我去拍一張！」

「葛宇彤！」刺毛厲聲吼著，她噘起嘴，兇她幹嘛？「那人頭不對勁。」

她頓時斂起笑容，「我聞到霉味……不，醬菜的味道。」

刺毛肯定點了點頭，表情凝重。

「那顆頭，被醃過了。」

第五章

那顆頭顱因為被鹽醃起，所以沒有腐爛的痕跡；警方在附近地毯式搜索，也沒有找到其他的屍塊，初步推測兇手就只將頭顱棄置在公廁而已。

頭顱發現者的葛宇彤被刺毛巧妙的隱藏起來，對外說明是有人剛好去廁所時意外發現，歌聲這件事情別說不能對外公佈，刺毛連對內部員警都暫時隱瞞。

尤其是：開口唱歌這一段。

要是真的講起這過程，誰還敢驗？整個警局勢必會人心惶惶。

不過由於有葛宇彤的不正常管道證明，加上庭庭說那是媽媽的聲音，因此刺毛大膽的拿了謝依依的DNA進行比對，這是一翻兩瞪眼的做法，只要醃頭是謝依依，他就可以即刻展開行動。

「還要等DNA出爐，那我的傷算什麼？」葛宇彤拉起手煞車，不太高興的抱怨著，「刺毛先生，我都縫幾針了！」

『警方有警方的方式，在未確定前怎麼能隨便調查？』刺毛口吻也不太爽，『上次是藉謝依依失蹤做詢問，但是我還不能搜他家！』

「真麻煩！」葛宇彤砰的甩上車門，「我要先去查了，人不會只有一顆頭的！」

『……』電話那頭幾秒靜默，『剛剛那是什麼聲音？車門？妳在哪裡？』

「掰掰！」葛宇彤對手機吐了吐舌，按掉通話鈕，直接轉成震動。

身邊的林蔚珊眨著眼睛，心裡非常理解現在卓警官應該在辦公室氣得吹鬍子瞪眼。

「你們講話好……好奇妙喔！」她乾笑著，「好像都沒有太和平過？」

「和平？我覺得很和平啊！」葛宇彤聳了聳肩，拉整衣服，「好囉，準備好了嗎？」

「沒有！」林蔚珊飛快回答，伴隨著大力的搖頭，「妳確定這邊不會有事？」

「應該吧！」葛宇彤使勁的拍拍她的背，「頭又不在這裡！」

哇啊啊！不要再提那顆頭了啦！

醃頭案已經沸沸揚揚了，在公廁裡發現被砍下的頭顱已經夠駭人了，居然還被醃製過？光想就覺得兇手有夠殘忍，殺人分屍也就罷了，居然還有勇氣把頭鹽醃起來，防止腐敗？

目前警方只透露死者是女性，不過她的「學妹」已經斬釘截鐵的認定死者是庭庭的媽媽，謝依依，因為那顆頭顱還會唱歌，噢！

「這種事不是應該警方負責的嗎？我們為什麼要來調查？」林蔚珊無奈的問，她發現自己自從帶葛宇彤之後，好像很常問這個問題。

每次她都跑去調查覺得奇怪的事情，而由於義工的緣故，自然很容易因為「小孩」而衍生出怪事，葛宇彤就會光明正大的以兒福機構的名義，進行調查……她也不是反對，因為畢竟有孩子在，她也希望孩子平安。

只是，嗚嗚，她怕鬼啊！她也有撞鬼受傷過的經驗，這陰影很難消除的好嗎？

「我們是來瞭解庭庭狀況的！」葛宇彤推了她一把，「學姐，快點！」

「只有這時叫我學姐！」林蔚珊一臉委屈，還是挺直腰桿，按下了謝家的電鈴。

葛宇彤今天穿著紅色的西裝外套，深怕別人看不見她似的，還故意在巷子裡走來走去，林蔚珊不解她幹嘛不好好站在後面，又按了幾下電鈴。

平日下午兩點，根本不會有人在家，葛宇彤在心裡盤算著，她早就調查過了，謝棋仁在上班，他的外籍妻子回鄉探親中，庭庭去學校上課，一開始她的目標就不是謝家。

「請問……」終於有聲音響起，「你們找誰？」

謝家隔壁的門開啟，一個女人困惑的探出頭來，林蔚珊趕緊走過去，「您好，我們是兒福的義工，來看看庭庭的……好像沒人在？」

「啊……」女人仔細看了林蔚珊掛在頸子上的證件後，笑著點頭，「庭庭去上學了啊，阿仁希望她恢復正常生活。」

「才三天……她有辦法回學校生活嗎？」林蔚珊立刻皺眉，「啊，真抱歉，還沒請教您是？」

「啊，我叫黃怡捷啦，就住隔壁，跟庭庭很熟的！」黃怡捷整個人站了出來，反手將門帶上，「我跟妳說，庭庭那孩子很乖的，回來後也都很正常，不必擔心啦！」

黃怡捷是個年輕女性，看上去三十上下，隨手紮著頭髮，記得她是家庭主婦，不過還是化了淡妝、光療指甲，愛美人士。

「但是她之前在外面流浪了很久，完全沒有人報警，都沒人覺得奇怪嗎？」葛宇彤忽然開口，上前走到林蔚珊身邊，「你們不是很熟，那時都沒留意？」

林蔚珊心裡暗叫不好，為什麼不能好好說話呢？葛宇彤又在拐彎暗示什麼了！不過黃怡捷像是聽不太懂，臉色沒什麼變化，只顧著發表。

「厚，有啊怎麼沒有，我老公就說幾天都沒看到依依，本來想問庭庭的，結果母女倆都沒見到！」黃怡捷一臉八卦樣，「所以啊，我就偷偷的去問阿仁，才知道他們吵架了，所以他說依依帶女兒離家出走！」

「是喔……不過離家出走有帶行李嗎？因為庭庭被找到時，身上什麼都沒有啊！」林蔚珊反應也快，「謝棋仁怎麼認定她們離家出走的？感覺好像不太在乎，也沒查清楚！」

「欸……阿仁本來就不是很細心的人啊，而且老實說依依都這麼大的人了，他也不太會去管嘛！」黃怡捷尷尬笑著，「不過他們兄妹感情很好的，阿仁不可能不管妹妹，這幾天因為依依失蹤，他可難受死了。」

「感情很好……」葛宇彤挑了挑眉，「這真的很矛盾，感情這麼好卻會放任妹妹離家出走十幾天都不聞不問？沒打電話？也沒關心一下？就算是大人，還是會想知道落腳何處吧？」

「啊……」黃怡捷臉色有些難看，「這個我就不是很清楚了，人家兄妹的事……」

「所以大家都認為謝依依是離家出走就是了……」林蔚珊蹙著眉頭，「以前有過這樣嗎？他們兄妹常吵架嗎？」

「沒有沒有，就說阿仁跟依依感情超好的！」黃怡捷趕緊甩甩手，「我們沒看過做哥哥的這麼疼妹妹，你看，都結婚了還是讓妹妹住在一起。」

是嗎？葛宇彤只覺得充滿矛盾，這個少婦一直強調感情很好，不管是兄妹或是鄰人，但是卻會放一對母女離家出走十數天不聞不問，直到刺毛找上門才知道是失蹤？

「那這樣算是特例了，並不是常有的紛爭……」林蔚珊拿著本子在上頭做記錄，她還沒忘記庭庭第一天排斥謝棋仁的情形。

「要吵也都是依依單方面吵，阿仁很讓她的！」黃怡捷嘆口氣，「就是不知足……」

嗯？葛宇彤聽出她話中有話，「謝依依沒有工作嗎？我們好像完全沒看見庭庭她父親。」

「啊？那孩子的爸爸喔，跑了！」黃怡捷壓低了聲音，「只是大家都騙庭庭說她爸爸已經死了！」

哇喔，葛宇彤有些詫異，這點刺毛居然沒跟她說！

「所以沒有父親，沒有工作……她們母女都是謝棋仁在養嗎？」林蔚珊暗暗哇了一聲。

「有啦，依依現在有在早餐店工作幫忙開銷了，但是根本不夠啊，所以我才說阿仁對她們母女很好，沒話說的啦！」黃怡捷像是謝棋仁的應援隊似的，三句就有兩句在稱讚他，「其實依依也是可憐，以前她爸媽對她很壞，都是阿仁在護著的，後來她學壞時也是阿仁在照顧她，生了孩子也幫忙，你們不知道阿仁他老婆氣死了！」

「哦？謝太太並不喜歡謝依依跟庭庭住在這裡嗎？」林蔚珊聽到了關鍵字，這些都可以列入觀察原因的！

「誰會喜歡啊！」突然有個婆婆插進她們的話題，從葛宇彤身後走來，「那女人笨，有時又肖肖的，腦子有問題，我是阿仁的老婆我也不爽！」

葛宇彤跟林蔚珊對著老婆婆微笑，人家她還自備凳子，坐下來要跟葛宇彤她們聊天咧！

黃怡捷見狀索性入屋去拿椅子出來，還不忘倒兩杯茶，讓葛宇彤她們坐下來一起談天；林蔚珊原本有些遲疑，但是她覺得庭庭的環境有些爭議性，正想多瞭解些。

而葛宇彤則是偷往黃怡捷屋子裡望，這些人都沒感覺，家中有些不對勁嗎？並不是很嚴重，但其實不太乾淨。

接下來就是八卦大會了，葛宇彤的目的就在於此，她想要知道關於謝家的一切，平常的狀況，雖說她也有專人可以幫忙調查，但不會比街頭巷尾的女人們更清楚！

謝家原來就住在這一區，很多老鄰居都認得，是個極度重男輕女的家庭，因此獨生子的謝棋仁就是寶貝，而謝依依則是賠錢貨，甭說爹不疼娘不愛了，連爺爺奶奶都對她相當的惡劣，再加上不是很聰明，就更受長輩厭惡。

謝棋仁吃好的穿好的備受照顧呵護，而謝依依卻總是邋遢狼狽，老人們記得兄妹倆都愛吃紅豆餅，以前巷子口就有個賣紅豆餅的紅豆伯，每當擺攤時，兄妹倆都會引頸企盼的口水直流。

他們的爸媽總樂意買給謝棋仁吃，但是謝依依若是想從紙袋裡拿，就會遭到打罵，最後躲到倉庫裡去偷偷哭著。

「然後啊，我就看見阿仁趁著爸媽不注意，溜進倉庫裡，把紅豆餅拿給依依吃……」老婆婆邊說，一邊泛出淡淡笑容，「他們倆從小就這樣，不管依依怎麼難受，阿仁總是會去照顧她。」

林蔚珊輕嘆口氣，重男輕女的觀念下，總是有很多可憐無辜的犧牲者。

在謝棋仁離家求學的那段時間，不被愛護的謝依依便在外流浪，偷竊、吸毒都沒有人管，甚至有好幾次還是鄰居們去把她保出來的；直到謝家父母雙亡，謝棋仁繼承所有遺產後，就將謝依依接來同住。

幫她戒毒、照顧她，也將那被拋棄而生下的庭庭視如己出。

一直到最近，大家都發現他們兄妹吵架了。

「為什麼事吵？」林蔚珊疑惑的問。

「其實也不是很清楚，但是依依會在外面一直罵她哥哥，或是說哥哥很煩，阿仁上班那邊也常出錯，聽說力不從心。」黃怡捷接了口，「偶爾我是真的有聽見他們在吵架，但詳細內容就聽不清楚了。」

「所以呢？」老婆婆突然握住葛宇彤的手，「聽說離家出走的只有依依，庭庭是追著媽媽走的，那依依人呢？」

人呢？葛宇彤微微一笑，在警方公佈之前，她不能說：她找到謝依依了，只有頭顱。

只是經過交談她比較能體諒被攻擊的事情，謝依依的思想單純，她只想保護女兒，也不太能分辨是非。

隆隆的摩托車聲響起，一台機車停在了八卦中心旁，黃怡捷突然站起，臉色有些僵硬，看著下車的男人，他魁梧粗壯，滿臉橫肉，先是掃視了坐在門口的一群人後，視線落在他所陌生的林蔚珊跟葛宇彤身後。

「在幹嘛？」男人開口，粗聲粗氣。

「啊沒有啦，她們……」黃怡捷指指林蔚珊二人，「是兒福機構的人啦，想來瞭解庭庭的狀況！」

「庭庭？有什麼好瞭解的！」男人下了車，葛宇彤仔細觀察著，身上都是灰土，腳穿雨鞋，也沾滿塵土，看來是粗工。「那又沒我們家的事，妳多嘴什麼！」

「江阿福你回來了喔？」阿婆們倒是沒搭理他的兇惡，笑吟吟的打招呼，「今天辛苦了！」

「還好啦！」江阿福敷衍笑著，「飯煮好了嗎？在這邊三八什麼？」

黃怡捷聞言趕緊搬著凳子往屋裡去，陪著笑臉跟其他鄰居道別，因為大部分的椅子都是他們家的，所以眾人連忙起身好讓黃怡捷收拾，而江阿福拿下自己機車上的工具，水桶、圓鍬、鐵鍬，就先進屋去。

「對不起喔！」邊收椅子，黃怡捷一邊尷尬的輕聲說著，「我老公不喜歡我管別人家的事情。」

「謝謝，妳已經幫很大的忙了。」林蔚珊恭敬的鞠躬，至少有很多參考資料。

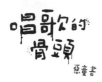

看著黃怡捷疊著椅子，葛宇彤朝半掩的門往裡望去，她突然上前一步，「不好意思，可以借一下廁所嗎？」

「咦？」黃怡捷愣了住，有些緊張的回頭往裡望去，江阿福正把東西放在庭院裡，踅回來到門口，再度打量著葛宇彤。「那個……這個兒福的小姐想要借一下廁所……」

「嗯！」江阿福用一種兇惡的神情應了聲。

林蔚珊覺得黃怡捷的老公挺可怕的，因此有點擔心葛宇彤，不過轉念想想，她是不是應該要擔心那位老公比較實際？

「謝謝喔！真是給妳添麻煩了！」葛宇彤樂得很呢，一腳就踏入江家。

一樓平房，自然有個專擺雜物的庭院，她飛快的掃視，角落都擺了許多用具，剛剛江阿福手上提拎的桶子也擱在那裡；黃怡捷疊起的凳子也往庭院角落放，再忙不迭的走進來找出一雙乾淨的拖鞋擺在玄關。

葛宇彤換上拖鞋進入屋子裡，這些都是幾十年的老房子了，格局相當簡單，寬敞的客廳，神桌、大概三間房，她在引領下經過客廳後往右轉去，廁所便在那兒。

她假意進入洗手間，不過意不在此，這個家也不太乾淨，神像蒙影，只怕根本沒有神在裡面或是早已被鬼魅進駐，這是常有的事，反正一般人看不見就算了！

外頭有些碎語聲，聽不清楚，但是知道在另外一邊，所以她悄悄的離開廁所，想要試著能不能看看屋子裡不乾淨的源頭……噢，葛宇彤才一走出廁所，就看見一個掠過客廳的人影。

不是人。她小心翼翼的上前，要假裝自己沒看到，有傷在身，她現在可不敢魯莽。

有些模糊的影子是個男人，穿著深藍色的襯衫跟米色工作褲，筆直朝著謝家的方向步去；男子走過留下了足印，每一步都是血足，殘留數秒便消失，但是他留下的足印詭異得不像一般人的腳。

那半透明的身影往前走著，突然停下腳步，葛宇彤立即屏住呼吸，盡可能維持低調，不能打擾到遊蕩靈體；只是那男人緩緩回身，彷彿看了她一眼。

咦？她驚愕的望著他，男人已經回過了首，筆直往裡走去；雖然只有兩秒，但是葛宇彤覺得他好像在叫她？

左顧右盼，她發現客廳都沒人在，葛宇彤飛快追上，靈體進入昏暗的走道後消失，那兒有兩間房間，底部應該是通往陽台，可惜木門緊閉，她也看不到那邊有什麼，更不可能從這邊陽台看見謝家了！

低首看著血腳印逐漸消失，葛宇彤趕緊蹲在地上想丈量那腳印的長寬，卻每次才張開手要量時，腳印就消失了。

嘖！她再次撲空，有些失落，正準備再往前追上下一個時，卻赫見那雙腳站在她面前。

那是一雙，沒有皮肉的腳骨。

每根骨頭縫上都帶著殘肉剩骨，幾條未斷筋浮動著，帶血的腳骨一點也不潔白，這就是她所謂詭異的血足印，不是男人的腳，而是骷髏的痕跡！

她警戒著，但還是大膽的伸出手，用拇指與小指丈量了那腳的長度……

『庭庭……』

咦？葛宇彤愣住了，庭庭？

「妳在幹嘛？！」猛然一聲粗嘎的聲音傳來，葛宇彤嚇了一跳。

她不動聲色，聽著腳步聲從後面傳來，趕緊拔掉西裝外套上的鈕釦，從容回首，「啊，我釦子掉了，一路滾到這裡來。」

身後的江阿福橫眉豎目的瞪著她，他一直都是這副兇惡的模樣，眼神看向她敞開的外套，葛宇彤微笑著攤開掌心，金色的釦子躺在上頭。

「怎麼了？」黃怡捷緊張的從剛剛那男人走進的房間出來，葛宇彤看過去時，果然已經看不見那靈體了。「好了嗎？」

「謝謝了。」葛宇彤眉開眼笑，端出親切美麗的笑容。

江阿福依然沒有好臉色，板著臉往裡頭走去，黃怡捷尷尬的送她出門，還說老公個性比較不喜歡跟人打交道，要她多多包涵。

送出門時，林蔚珊正焦急的探望著，剛剛那吼聲她在門口都聽見了，直覺就知道葛宇彤才不是去借廁所的呢！

「地縛靈嗎？」黃怡捷才關上門，葛宇彤就喃喃自語。

「什麼東西？」林蔚珊一出口就後悔了，她不該問的。

「這幾戶人家都不太乾淨，不過本來就常會有些久遠的鬼魂在附近遊蕩，這是自然現象……」葛宇彤還在思考，「剛剛那個傢伙為什麼喊庭庭的名字？」

「庭庭？」林蔚珊抓到話尾，「江先生嗎？」

「沒，一個在他們家散步的靈體，感覺有些年代了，妳不要那張臉，那些靈體就只是走來走去而已。」葛宇彤狐疑的思考著，可是飄蕩的靈體也認得庭庭嗎？

唉，林蔚珊一點都不想知道這個，她只要知道庭庭的生活環境還算單純，謝棋仁也對她很好，兒福沒有必須插手的必要。

「阿姨——」不遠處，奔來熟悉的身影。

才開車門的葛宇彤回眸一笑，真是說曹操曹操就到！庭庭亮著一雙眼眸，穿著制服的她看起來可愛許多。

「庭庭！」葛宇彤綻開笑容任她撲到自己面前，「啊……好痛喔，輕點嘛！」

「阿姨，我媽媽呢？」庭庭抬首，眼眸裡閃耀著雀躍。

咦？葛宇彤怔了住，隔著車子對面的林蔚珊笑容也僵住，怎麼突然問起媽媽了？

「妳媽媽……刺毛叔叔還在找耶！」葛宇彤劃上微笑，這是善意的謊言。

「咦？可是那天妳不是看見她了嗎？」庭庭皺起眉，揪著她的褲子，「我都聽見她唱歌了！」

是啊是啊，她是看見了，但只有身體沒有頭啊！那顆頭為了不妨礙調查，不能汙染證物，所以她沒打開來看，因此……不算有見過謝依依吧？

「妳確定那是媽媽唱的嗎？」葛宇彤彎身撫著庭庭的臉，「那說不定只是有個路人在唱歌？」

「不可能！」庭庭慌張的喊著，「那是媽媽自己編的歌，從小唱到大的！」

謝依依自己編的歌啊……葛宇彤覺得這謊扯下去實在很假，但無論如何不能讓這麼小的孩子知道媽媽已經剩下一顆頭了！

「我說真的，廁所裡就只有我，說不定……唱完歌，媽媽就跑了。」葛宇彤決定用另一種方式說著，「我想，媽媽可能有事情要辦……不得不離開妳。」

「嗄……可是，媽媽為什麼不帶我走！」眼淚立刻流出眼眶，「她明明說要帶庭庭過好日子的！」

葛宇彤心疼的笑著，將庭庭緊緊抱住，「我知道妳媽媽很努力，每個媽媽都希望孩子過得好，她或許有不得不做的事情！」

「媽媽說我們快要有好日子過了，只要把地賣掉，就可以帶我去住大房子，可以帶我去迪士尼的……」庭庭哇的大哭起來，「她如果要辦事，為什麼不帶我一起去！」

什麼？葛宇彤瞪大雙眼，倏地把庭庭往前推了些，雙手扣住她的肩膀，「把地賣掉？」

庭庭被她突如其來的力道嚇著，有些錯愕的望著她，「……地，我們有一大塊地……」林蔚珊知道葛宇彤已經關閉義工模式了，趕緊上前拉過庭庭，「庭庭乖，大家都很努力的在找媽媽，妳要乖乖的，不要讓媽媽擔心喔！」

葛宇彤緩緩站起，地？謝依依怎麼會有地？就今天下午收集的情報而言，就算謝家有地也不可能讓女兒繼承啊！

「讓蔚珊阿姨看看妳穿制服的樣子，很好看呢！」林蔚珊努力讓庭庭分心，因為她真的被葛宇彤嚇著了，「妳這樣好可愛呢！如果之前在兒福那邊也這樣多好，那時都不說話。」

「那時不想說話，媽媽說不可以亂講話。」庭庭搖了搖頭。

一聽見媽媽說，林蔚珊就會全身發毛，是什麼時候說的啊？嗚嗚。

「妳最後一次看見媽媽是什麼時候？我是說整個人，不是腳、不是背影……」葛宇彤看向她，「扣掉唱歌喔，那天只有聽見歌聲，沒看見人。」

庭庭很認真的思考，歪著頭想，「好久了，我想不起來。」

「那麼，那天妳舅舅來接妳時，妳為什麼不想跟他回去？記得嗎？」葛宇彤再問一次，這個無解的問題。

庭庭圓著雙眼，很疑惑的皺起眉，「……我不知道。」

這是最糟的答案，葛宇彤闔上雙眼，深吸了一口氣；林蔚珊安撫著庭庭，繼續誘她回答那天拒絕回家的事情，但是庭庭的回答都是一致的，不知道。

「我那時就是不想跟舅舅回家，可是我忘記為什麼了。」庭庭嘟起嘴，「我只覺得……好恐怖！」

「好恐怖？」葛宇彤倏地蹲下來，再度扣著她雙肩把她拽過來，「什麼東西好恐怖？舅舅嗎？」

「喂……妳這樣會嚇到她啦！」林蔚珊打掉葛宇彤的手，「庭庭妳說，彤阿姨比較恐怖對不對！」

「不恐怖啊，彤阿姨是漂亮！」葛宇彤認真的望著庭庭的雙眼。

「嘻嘻……」庭庭反而被逗得笑起來，「漂亮，兩個阿姨都漂亮！」

「那妳要不要告訴阿姨，什麼東西很恐怖呢？舅舅好嚇人嗎？」葛宇彤飛快的切換到義工模式，林蔚珊為這速度感到佩服。

庭庭搖了搖頭，「我不知道，我那時就是覺得不要回去……可是我忘記了。」

葛宇彤有些失落，但不能鑽牛角尖於此，「那……媽媽跟舅舅吵架的事，妳知道嗎？」

庭庭顯得有些訝異，小嘴圓張，「阿姨怎麼知道？」

「因為舅舅說是跟媽媽吵架，媽媽才離家出走的啊！」葛宇彤巧妙的說著，「那吵什麼這麼可怕？」

「就一直吵，我不知道吵什麼，可是好像跟地有關。」庭庭認真的說著，「之前天天都吵架，我聽到媽媽問舅舅怎麼可以這樣子，然後媽媽就一直尖叫尖叫，然後——」

庭庭話到這裡哽住了，她張口欲言，眼睛往上看，卻突然很難吐出字來。

「然後？」連林蔚珊心都懸著了。

「我……忘記了。」庭庭好像也為此錯愕，「我不記得了……我只記得我在馬路上走著，吵完架、吵完架……」

葛宇彤立刻把庭庭交給林蔚珊安撫，這結果她不意外，因為在找到頭顱後，庭庭的個性與找到她時截然不同，可以說是回到原本姿態，那時她就有心理準備了。

林蔚珊莫名其妙的接過庭庭，然後機車聲隆隆，謝棋仁騎車返家，遠遠的就用一雙眼睛盯著她們。

「您好。」葛宇彤九十度鞠躬。

「啊……您好。」謝棋仁認得她們，「兩位怎麼突然過來了。」

「沒什麼，想過來看看庭庭的狀況。」葛宇彤主動上前，謝棋仁下了機車，「畢竟她是特殊的例子，又是我撿到的，我很擔心她回來後的情況。」

「謝謝，庭庭沒事了，妳看她好好的！」謝棋仁招著手，對葛宇彤還是有點不爽，「庭庭來！」

庭庭回首，相當聽話的奔回謝棋仁身邊，「舅舅下班了喔！」

「是啊！庭庭乖，餓了沒，舅舅去煮點心給妳吃！」謝棋仁憐愛的撫著庭庭的頭，「有沒有謝謝阿姨來看妳？」

「有！阿姨說還沒找到媽媽！」庭庭拉著謝棋仁的手，「舅舅，媽媽去哪裡了嘛！」

謝棋仁的臉色在一瞬間變了，有點僵硬有點難受的皺起眉，暗暗的瞥了她們一眼。

「庭庭，不是跟妳說了，帥哥叔叔在幫忙啊，會努力找到妳媽媽的！」林蔚珊彎下身子，溫柔的她總是能安慰孩子。

謝棋仁悄悄的頷首，像是感謝她們，催促庭庭去開門，不忘再跟她們表達收留庭庭、找到她的感激之情。

口袋裡手機震動，葛宇彤拿出手機滑開，是刺毛傳來的 LINE。

「我也不知道她那天是怎麼了所以不想跟我回來，不過妳們看她現在已經很正常，我知道妳們有妳們的職責，但是我問心無愧，我沒有虐待庭庭……不可能虐待她。」謝棋仁誠懇的說著，話裡也帶了希望她們不要再多事的意味，「妳們也可以問街坊鄰居，大家都知道我們感情很好的。」

葛宇彤關上手機螢幕，掛著淺笑看向謝棋仁。

「那孩子一直認為我看到她媽媽了。」她嘆口氣，「她應該有跟您說吧，關於歌聲的事。」

謝棋仁點了點頭，緊擰著眉，「卓警官跟我說了，所謂聽到歌聲的地方，就是前兩天找到的……」

他痛苦的閉上眼，不敢再說下去。

緊接著，他懷中的電話響起，謝棋仁趕緊拿出手機，向她們說聲抱歉便走進屋裡去聽。

葛宇彤一撇頭，示意林蔚珊上車，他們該走了。

「我看謝先生很正常啊，庭庭應該沒有什麼問題才對。」林蔚珊繫上安全帶時這麼說，「但我們還是要多加觀察。」

葛宇彤隻手放在方向盤上，望著站在門口謝棋仁的背影。

「怎麼了？還不走嗎？」林蔚珊問著。

她拉過安全帶繫上，發動引擎，大燈一亮，恰好照在突然蹲下去的謝棋仁背上。

「咦咦，謝先生他怎麼了！」林蔚珊邊喊著，就要鬆開安全帶下去看。

「不必了。」葛宇彤一手壓住她，另一手轉動方向盤倒車，「那通電話是刺毛打的。」

「……卓警官？」林蔚珊倒抽一口氣。「難道——」

「DNA 比對結果出來了，就是謝依依。」

第六章

驗屍這麼多年，第一次看見這樣一顆被醃製的頭顱。

法醫們望著擺在圓架上的頭，皮膚組織都已經因為鹽醃而皺巴巴，色澤也變成青灰色，但是五官面容清晰可見，現在人犯罪的手法真是越來越有新意了，不僅分屍，切下頭顱後還醃製起來，意圖擾亂死亡時間的判斷。

「切口平整，但也費了好幾刀。」法醫看著頸部斷口，「有四道刀痕，表示至少剁了四次才剁下。」

「工具痕跡應該是菜刀，已經拓模了。」

「看看，這頭髮上還都是鹽巴。」法醫夾下髮絲裡的白色結晶，「真是不敢相信，怎麼狠得下這個心？」

「唉，這幾年在驗屍啊，只能說現在犯案的人越來越殘忍，也益發沒有人性了。」除了為這些死者昭雪外，他們也沒有其他可以做的了。

法醫隻手撐開眼皮，手電筒照射著瞳孔狀態，錄音筆就擺在胸口，所以他一邊觀察，一邊唸著狀況。

他皺著眉，湊近頭顱想再看仔細，電光石火間，眼珠動了。

「哇——」法醫倏地鬆手，嚇得踉蹌數步！

「咦？怎麼了？」其他人員也嚇了一跳，趕緊扶住法醫，「醫生？」

「那個……那個眼珠剛剛動了！」吳法醫顫抖著喊著，手指指著在圓盤架上的頭顱。

這瞬間，法醫室裡瀰漫著靜默，所有人莫不瞄向那看似沉靜閉眼的頭顱，雖說受科學教育，多半不信這種怪力亂神之事，但是……這行做久了，還是寧可信其有，畢竟有太多玄妙之事了！

「謝依依小姐。」另一位法醫趨前，「很抱歉冒犯到妳了，但是我們都是為了想破案，幫妳找出兇手……請您諒解。」

人頭沒有反應，幾個法醫交換了眼神，紛紛雙手合十恭敬的朝人頭行禮，再度上前，工作還得持續。

吳法醫心裡不停默唸著佛號，並且禮貌的告訴謝依依，他現在要再度檢查牙齒了。手觸及已無彈性的唇瓣，輕輕扳開，就在這瞬間，頭顱的嘴巴突然張開了！

「哇啊啊啊——」

紙終究包不住火，一旦確認死者身分後，謝家立刻成為媒體焦點，要對七歲的庭庭隱藏母親已逝的消息根本不可能。林蔚珊一接到消息立刻到謝家去安撫庭庭，葛宇彤則說有事要辦，不克前往。

她正在回想那首歌，旋律、歌詞……庭庭只有聽見旋律，沒有聽見歌詞，可是她聽見了，他殺了她他殺了她他也殺了她……這不應該是唱給孩子聽的睡前歌謠，或許是一樣歌調，只是詞改了。

那時謝依依唱得很片段，加上她受傷，根本沒專心聽啊！

驅車前往醫院，她知道刺毛他們正在等驗屍結果，所以有隊人馬到醫院待命了；現在正值兵荒馬亂，但是因為警方擁有那顆頭，那是唯一線索來源，也就是說……身為一個記者，去探查新聞來源也是很合情合理的嘛！

「嗨！辛苦了！」她向在外頭抽菸的員警打聲招呼，就直接往裡走，「我找刺毛。」

「欸……葛小姐葛小姐！」員警連忙趕出來攔住她，「妳怎麼跑來這裡了？呃，我們現在裡面很忙，妳知道那個醃頭案……啊妳就是知道才來的對吧！」

「對啊，所以我找刺毛，他在吧？」葛宇彤一臉理所當然，差點沒說他明知故問。

「在……在是在，但是葛小姐妳是記者，卓警官交代了，記者一律不能進入。」其實依照葛宇彤出入警局的次數，大家都認得，只是現在是戒備狀態。「而且我們小組在醫院裡也是機密。」

「我是小報記者耶，又不是主流媒體……算了我不為難你。」葛宇彤相當體諒，「我在外面等他，你幫我通知一聲。」

「……我盡量。」員警有點為難，畢竟裡面正風風火火。

葛宇彤表示無所謂，醫院嘛，要找椅子還不容易？她就近找了張椅子坐下，明白現在傳LINE給刺毛他也沒辦法即時看，由於從庭庭到找到那顆人頭，接觸的都是刺毛，因此他自然負責整個小組，現下要針對謝依依的周遭、交友狀況以及失蹤後的路程做大規模搜索，一邊等待法醫驗屍結果。

想必是忙得焦頭爛額吧？她看看手錶，九點半，說不定他還沒吃……葛宇彤站起身，再度步出。

「我還沒跟卓警官說……您要走啦？」這尾音上揚得太明顯。

「還沒，讓你失望囉！」她挑著嘴角，不以為意，「他還沒吃對吧？」

「呃……不太清楚，不過驗出是謝依依後，大家幾乎都很忙亂。」這是非常時期，他們也都習慣了。

「那我去買個東西，去去就回。」她揚起笑容，愉悅的走了出去。

員警聳聳肩將菸捻熄，等會兒進去跟卓警官說，不知道會不會被吼？還是乾脆留張紙條比較妥當。

刺毛他們就在驗屍處的同一層樓挪了幾個小房間開會，他想要知道第一手的消息，索性把人都給叫過來。

他略顯疲憊的從會議室走出，腦子裡千頭萬緒，他們先要收集所有監視器，確定謝依依離家後的行蹤，還有那顆頭顱上是否能找到什麼跡證……謝家的狀況也都得搞清楚，這起案件非常可疑，不管謝依依遇到什麼事，將人分屍再醃頭，這手法很新穎也過於殘忍。

「有消息嗎？有沒有驗出新的東西？」他打開另一間會議室的門問著，「用什麼東西醃的，有沒有留下跡證？」

「還在驗，他們已經在趕進度了。」學弟回首，「啊，學長，這是剛剛有人留的紙條。」

刺毛狐疑接過，葛宇彤？她這時候跑來做什麼？揉掉紙條，他連坐都沒坐下，直接往門外走去。

「哇啊啊啊——」

身後突然傳來駭人的狂叫聲，所有人紛紛回首，看著穿著醫師袍的法醫們連滾帶爬的衝出來。

「唱歌——那顆頭在唱歌了！」

「什麼？」在場眾人無不狠狠倒抽一口氣，臉色發白的看向狼狽奔出的所有法醫跟鑑識人員！

「唱歌！她真的在唱歌，嘴巴自己張、張張張張開！」吳法醫跌坐在地上，手指著嘴巴，「完全是自己在動，她……」

刺毛二話不說，立刻朝著他們奔出來的方向衝去，還不忘回頭大喊，「到走廊外去！叫葛宇彤進來！」

「長官！你要進去嗎？」學弟慌亂的喊著，只好硬著頭皮跟上！

刺毛飛快地衝到後頭，即刻聽見了悠揚的歌聲，老實說謝依依的歌聲還不差，旋律正飄揚在解剖室中，他自腰間拿槍，瞥了一眼後頭的學弟跟支援夥伴。

簡單迅速的比了手勢，他要他們待在外面，不許進入。

可是……學弟皺起眉，這危險現場怎能沒有後援？刺毛堅持他們不許進來，等等只許葛宇彤進入。

因為這裡面的狀況，不是有後援就可以解決的。

他信嗎？怎麼不信？認識葛宇彤源自駭人事件，也因此親眼看見厲鬼把人敲到爛，把女孩夾死在課桌椅，還親自參與詭異幻境，爾後，他就沒有什麼不信的了！

雖然很扯、雖然一直在挑戰他的觀念，但是眼見為憑，這世上有很多是無法用常理解釋的事。

例如——刺毛推開法醫室，唱歌的頭顱。

法醫室燈火通明，不會有看不清楚的狀況，那顆被醃製的頭顱正在高歌，閉起的雙眼，開闔的嘴巴，這情況多麼匪夷所思？如果錄下來上傳YouTube，點閱率一定爆高的。

只是他才踏進，頭顱突然闔上嘴巴，不再歌唱。

「喂，謝依依！」刺毛雙手持槍，對著那顆頭顱，「妳想說什麼？用說的不好嗎？」

頭顱靜默，就像他在公廁裡打開時一樣，只是個屍塊……不，它本來就只是個屍塊。

「說話啊！這麼婆婆媽媽的！」他逼近頭顱，「驗屍是為了還妳公道，找出兇手使之伏法，妳不要嚇法醫。」

現在刺毛覺得自己很像神經病，對著一顆頭在說話，如果葛宇彤在，說不定還會叫他跟頭顱「促膝長談」咧！

「妳其他的身體在哪裡？被誰殺的？要不要一起說說？」刺毛擰著眉問，「妳這樣該開口時不開口我們很難做事！」

一旁的門陡然推開，刺毛的槍口倏地對向門口，是葛宇彤。「喂！你講話這麼不溫柔，誰要回你啊！」

嘖！移走槍口，刺毛重新瞄準頭顱，「溫柔什麼？我還得花時間跟她做朋友嗎？」

葛宇彤緩步走入，雙眼盯著那顆醃頭看，她才剛買東西回來就看見有警察十萬火急的在找她，一聽見頭顱在唱歌，她便知道大事不妙了。

「把槍放下行不行？你這樣會嚇到她！」葛宇彤走到槍邊，將槍口壓下。

「葛宇彤，我認真覺得她比較容易嚇到我們？」

「別再殺她一次。」她皺著眉輕嘖一聲，「她剛唱什麼？」

刺毛搖搖頭，「我一進來她就沒再唱了。」

是嗎？葛宇彤挑了挑眉，打量刺毛全身上下，「你陽氣太重，她可能不太喜歡，又有警徽在身上。」

「是嗎？」

「煩，你退到門口去，我去會會她。」伸手一推，直接把他往門口那兒推去「退退退！」

「喂，不要冒險！」刺毛非常反對。

葛宇彤搖了搖頭，她來就是希望她可以再唱一次的，她指向門口，用嘴型叫刺毛快點退到旁邊去，他又氣又無奈的退後，但是手上的槍再度舉起，不能給厲鬼任何攻擊的機會。

他絕對不是擔心葛宇彤受到傷害，他是怕萬一鬼頭飛起攻向葛宇彤，葛宇彤失手把頭顱打壞怎麼辦？那可是重要的證物啊！

「謝依依，庭庭很好。」葛宇彤一開口，就針對母親最在意的女兒下手，「她一直問媽媽呢？去了哪裡……」

剎那間，紅色的液體從闔上的眼睛流了出來。

頭顱輕啟嘴巴，聲音再度從喉間逸出……

『好冷的地方，好小好黑又好痛，快帶我出去，快帶我出去！為什麼要殺了我，他殺了我他殺了我他也殺了我！』

警察個個人心惶惶，每個人身上都佩戴一道又一道的護身符，一串接著一串的佛珠，葛宇彤在法醫室及頭顱的圓盤底下各貼了一張符紙，請法醫們不管要檢驗什麼，都不要讓頭顱離開那個圓盤。

然後，她將法醫擱在一旁的錄音檔案存進手機裡，這樣要聽就能隨時聽了。

「妳真的沒事會去聽那個嗎？」刺毛的學弟看著她正在聽頭顱的歌，很嚴肅的問著。

「不會啊！」她笑了起來，「你覺得現在這是沒事嗎？當然是有事才會聽啊！」

學弟一凜，臉色蒼白的他只覺得全身發冷，剛剛他守在外面時，真的聽見裡面有歌聲，法醫的話他當然信，誰沒事會開這種玩笑？但是一個屍塊、被斬下、被醃製的頭居然會唱歌，這簡直令人、令人難以接受啊！

「欸，你怎麼在這裡？」刺毛推開小會議室的門，「最大間的房裡有披薩，你去吃吧！」

「披薩？」學弟一怔。

「我買的！」葛宇彤堆滿笑容，「我想你們應該正忙得不可開交，所以叫了披薩給大家吃……現在倒變成壓驚了。」

「來得正好，吃點溫暖的、高熱量的東西大家會比較舒服。」刺毛瞥了學弟一眼，「你沒事吧？」

學弟用難看的臉色點點頭，完全沒有說服力。

「再給他戴個平安符好了，讓他心安些。」葛宇彤托著腮，打趣的說。

「怕什麼！那些死者又不會傷害我們，我們是要幫他們找兇手的！」刺毛朝學弟肩頭重重擊上，「正義，就是你最好的護身符！」

只見學弟用欽佩的眼神看向刺毛，雙目燃起光芒，肯定的點著頭，說的也是，想那死者無緣無故也不會去傷害他們，多是有冤才會利用各種方式告知！

剛剛聽別的前輩說，那個死者應該是想找齊其他軀塊，並且希望警方早日找到兇手，才利用唱歌透露線索的！

「對，行得正，我不需要怕！」學弟挺直背脊，向刺毛頷首，「我先出去了。」

「嗯。」刺毛拉開椅子，他倒是沒帶披薩進來，因為桌上擺了另一種香味四溢的晚餐。

「不過你還是可以去求護身符的，不必逞強！」

噗……葛宇彤憋著笑看那學弟臉色一僵，陣青陣白的走了出去，「幹嘛補那句？」

「因為厲鬼是不分青紅皂白攻擊人的。」這是經驗談，他就被傷過。「我可不希望他們莫名其妙被殺掉。」

「真貼心。」葛宇彤笑著，起身處理桌上那一袋食物，「我買了烤鴨三吃，還有綠茶解膩。」

刺毛挑了挑眉，「妳記得我不吃披薩？」

「挑食的人滿惹人厭的，所以我都記得。」葛宇彤擠出假笑，「快吃啦！鴨頭給你啃！」

刺毛擰起眉看著鴨頭，不由得深吸了一口氣，「我們才剛跟一個唱歌的頭顱打交道，妳現在……要我吃鴨頭？」

「這有什麼關係？」她說得理所當然，「這是鴨又不是人！」

刺毛搖搖頭，不跟自己肚子過不去，先吃再說；不過，看著豐盛的一鴨三吃，他不是傻子，總是有代價的。

「說吧，跑來幹嘛？」他其實不會太過防範葛宇彤，因為她的「敏感」總能為他帶來更多線索。

「我今天下午去了謝家一趟，跟街頭巷尾聊天收集資訊，你知道謝依依有前科吧？」她挑了眉，他一定知道，只是沒說。

「她那時只是失蹤人口，重點是要找到她，案底我覺得沒有說的必要。」刺毛嚴正的說著，更何況，他無緣無故怎麼會對她說這些事。

「現在重要了，我想知道她的案底。」她悄悄聲的說，「我在他鄰居家看到一個浮遊靈，還喊庭庭的名字。」

「浮遊靈？」刺毛皺眉。

「就是久遠以前的靈體，可能不知道自己死了，也有人是徘徊不走，但是那個靈體喊庭庭的名字我就覺得怪。」她啃著鴨肉邊說，「還有，他用腳骨走路，腳上肉都沒了！」

刺毛剛好啃到鴨腳，瞄了一眼，「妳怎麼到人家鄰居家的？誰家？」

「呃，一位黃怡捷，她老公姓江，不過大家好像沒人叫她江太太，就住庭庭家隔壁。」她吮指，「我還打聽到他們吵架跟土地有關。」

「……土地？」刺毛立刻搖頭，「誰跟妳說的？不是為了工作的事嗎？」

「工作？謝棋仁說的？」葛宇彤哎呀了聲，「有個老婆婆說的，啊，我有遇到庭庭，庭庭也是這麼回答！你那邊呢？」

「謝棋仁說，他叫謝依依不要再去王婆婆的早餐店工作了，她不肯，所以兩個人就大吵特吵，謝依依還放話說不想依靠他生活，隔天下班就不見人影，謝棋仁才會以為她們離家出走。」刺毛複述著謝棋仁的話，「我是帶保留，雖然大家都說他兄妹感情很好，但是我查過，謝依依根本無處可去。」

「我也是，我覺得不可能放這麼多天不聞不問。」葛宇彤牙齒撕著鴨肉，「你剛說無處可去……沒有別的親人？」

「在南部，但是根本沒有往來，我懷疑謝依依連地址都不知道，她怎麼去？」

刺毛瞥了她一眼，「換妳了，土地的事呢？我的人去問過街坊，沒有人提過土地的事！」

「那是因為你們的重點在有沒有看到謝依依、知不知道她可能去哪裡，問吵架原因一定只問謝棋仁，跟我問的重點不同。」葛宇彤拿過濕紙巾擦手，「有人說在為地的事吵架，庭庭也說謝依依對她說過，把地賣了，她們就有好日子。」

刺毛當下也立刻拿起筆來記錄，這是他們沒有掌握到的消息，「有土地，就會扯到錢財，有錢……就有動機了。」

「土地的事我也會請人去查，你知道謝家重男輕女嗎？謝依依在爸媽眼中可能不算是人，怎麼可能讓她繼承土地？這不合常理。」葛宇彤不解的是這點，「再說動機這件事，你知道謝棋仁繼承多少東西嗎？他會計較區區一塊地？」

刺毛沉吟著，他默默啃著鴨肉，包著捲餅，這話很難說，說不定謝棋仁繼承了大批財產，但是暗地裡輸個精光？需要錢的時候，就算是彈丸之地他都要。

「妳是不是認為是熟人？」良久，刺毛突然問了。

葛宇彤沒有立即回應，她像是在思考，抿了抿唇後只有聳肩。「我不知道，我只想知道造成庭庭離開、又喪失部分記憶的原因是什麼。」

「喪失記憶？」這他怎麼不知道？

「庭庭那天在公廁外暈倒再醒來後就變了一個人了，而且對於當天排斥跟謝棋仁回去的事都不記得，我懷疑她受過創傷，只是讓自己逃避那個現實。」葛宇彤嘆口氣，「你不知道今天看見她時，她跟謝棋仁感情有多好，宛如父女……跟那天在機構時截然不同。」

那天她的排斥是驚恐的、是歇斯底里的，彷彿要接她回家的是洪水猛獸。

「我會懷疑，是因為第一，凡走過必留痕跡，但是居然沒有人看過離家的謝依依，監視器也沒拍到。」刺毛頓了一頓，「再來，謝棋仁是廚師。」

身為廚師，要剁下一個人頭，醃起來，或許也不是什麼難事？

「切口相當平整，只是有一點點斜，應該是分次剁下的吧？」葛宇彤順暢接口，刺毛反而瞪大雙眼。

「妳偷看機密資料？」他低吼著，「還是妳跑去哪間會議室看我們的照片——」

「喂，我是那種人嗎？」葛宇彤沒好氣的唸著，刺毛竟然立刻點頭，「別鬧，我在公廁跟無頭女鬼照過面，我可以從身體看見斷口啊！」

啊啊……刺毛一時忘記，葛宇彤可以從「另一個角度」看見他們看不到的東西。

「說到公廁，傷口如何？」他表現出難得的關心。

「死不了，只是行動不太方便，會痛！」她口吻不悅，捲起一個捲餅，「我真討厭莫名其妙被打，不過謝依依也不是故意的，她根本搞不清楚狀況。」

「聽說並不是很聰明的人，以前才會被朋友拐去偷竊吸毒。」刺毛果然對她的案底知之甚詳，「才偷竊一次就被抓到，男友把她扔在警局，還是謝棋仁保她出來的。」

「感情如果這麼深，說他殺掉妹妹就太不合理了。」她噘著嘴，咬了一口捲餅。

「辦案要客觀，沒有什麼不可能的事。」刺毛冷冷的回應，「說不定他就是仗著大家都這麼想，才更肆無忌憚的下手。」

葛宇彤深有同感，她勾過手機，把耳機塞入耳朵裡，想再聽聽法醫那邊錄到的歌聲，這次她有把下半段記清楚了，偏偏謝依依只唱一半，讓她很難組織。

刺毛也不吵她，逕自大快朵頤，烤鴨三吃加上綠茶，真的是很棒的享受！尤其在歷經一天的奔波與忙碌後。

『好冷的地方，好小好黑又好痛，還有冰冷的東西倒下來，咚咚咚又有可怕的聲音鋸東西，快帶我出去，快帶我出去！為什麼要殺了我，他殺了我他殺了我他也殺了我！』

嗯？葛宇彤正了住，立刻倒帶再聽一次。

「怎麼了？」刺毛警覺性強，發現她的異狀。

「什麼地方好黑好暗，還有冰冷的東西倒下來？」葛宇彤瞄著他，「謝依依唱的，她說她在哪裡。」

「冰冷的東西倒下來？」刺毛思考著，「河？還是海？她被沉在哪裡？」

「倒下來，如果是河的話應該是四周都很冷，還有什麼鋸東西的聲音？」葛宇彤也開始陷入思索，「這樣不明不白……」

她想重新再聽一次，刺毛朝她伸手，「給我聽！」

她將手機交給他，想喝點熱的，所以先到外面去倒熱水；一走出去恰好有幾個員警也在倒水，聊天原本正熱絡，卻突然在見到她時停止了，所有人都回頭看向她。

「嗨。」葛宇彤也愣住了，「呃，披薩好吃嗎？」

「好、好吃，謝謝！」回答的人是刺毛的學弟，看起來還是有點戰戰兢兢。

幾乎所有人都認識她，但是擁有那種面對唱歌頭顱的勇氣不說，還有符紙，所有人簡直要把她當半仙了！

「我倒個水……」葛宇彤尷尬的笑著，趕緊到一旁去倒水，總覺得投來的視線好詭異啊！

她只是隨身攜帶一些有效的法器而已，就跟大家帶護身符一樣的道理啊，不過她的效能高了些？那也是求來的嘛！

飲水機邊就是所謂較大間的房間，裡頭有塊大白板上面貼了一堆資料，葛宇彤趁機瞥了眼，是謝棋仁跟謝依依的交友狀況表，應該是之前失蹤案時調查的，鄰居、里長、謝依依工作的早餐店、謝棋仁工作的自助餐店……

——咦？葛宇彤瞪圓了眼，立刻衝進房裡！

「我知道了！」她猛然拉開門，「我知道在哪裡了！」

刺毛噗哧一口綠茶噴出來，惱怒的回頭瞪著她，進來是不會輕一點嗎？

「瞪什麼啦！那個江阿福在哪個工地！」葛宇彤根本懶得理他，「水泥，機器，釘牆壁，什麼條件都具備了啊！」

「等等，妳不要急！」刺毛站了起身，拿紙擦著一片狼藉，「妳現在直接懷疑她家隔壁鄰居？又沒證據！」

「我……」葛宇彤一時語塞，刺毛說得沒錯，「我只是想到他剛好在工地做事，符合她唱的歌嘛！」

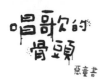

但是的確不能因為可能在工地，就讓無辜的人成為嫌疑犯，更別說就算是，也得有證據。

「妳真的……真不懂妳怎麼這麼熱心於別人的事。」刺毛擰起眉，擦著一身的綠茶，「我去洗手間一趟。」

「路見不平，拔刀相助？」她吐了吐舌。

「那妳要拔刀的情況可多了！」刺毛竟拿過她的包包，筆直朝她走來，「好了好了，妳回去吧，妳也不應該在這裡待太久。」

「咦？」她咦了好大聲，「你現在要趕我走？」

「請，是請妳走！妳本來就不應該在這裡待這麼久，回頭給我亂寫報導怎麼辦……」他頓了一頓，「是說妳的報導本來就亂七八糟！」

「喂——」她被往外推去，刺毛還反手關上門。

隔著走廊，一屋子的人都在看，葛宇彤怒視著他，刺毛指指醫院側門的方向，「謝謝妳的晚餐！」

「謝謝！」其他警察們也衷心的道謝！

葛宇彤回頭對大家頷首微笑，不甘願的往門外走去，刺毛沒送她出去，轉向洗手間，去洗那雙油膩的手還有髒掉的襯衫。

什麼叫感覺像是工地就認為是隔壁江阿福工作的地方？這簡直含血噴人，沒有實證就不能搜查，更別說這樣的臆測根本荒唐！

刺毛站在鏡前，凝視著鏡中的自己。

不過，以個人身分去晃一下，應該沒什麼關係對吧？

第七章

月黑風高，今晚的夜色用這句話形容再貼切不過了！葛宇彤搖下窗戶，留意著周遭狀況。

「好安靜。」她不安的說著。

「這裡是商業區，入夜後沒有人煙的。」刺毛就近找了個地方停下，「就是前面那個圍起來的地方，倒不是建地，只是重新裝潢。」

葛宇彤瞥了他一眼，笑容超甜的，「無所謂，你肯帶我來我就很開心了！」

就見她歡天喜地的下車，刺毛悄悄拔掉鑰匙，看她剛剛那樣子活像情人間的對話，彷彿他帶她到什麼美好的地方約會似的……他只是帶她到江阿福的工作場所，這裡說不定還會有屍體。

甜笑個什麼勁啊！

葛宇彤下車後就往那空地圍牆附近看去，腳步相當的輕，誰讓她心情好呢？在醫院時因為她喊得太大聲了，所以刺毛必須有所處理，推她出去時附耳在旁，要她到下個街口去等他。

十分鐘後，站在路口的她果然看見了刺毛的私人車輛，開心的上了車。

刺毛手插在褲袋裡跟著下車，仔細的梭巡著，他當然知道葛宇彤的推論很不合理，但是再不合理，有會唱歌的頭顱來得誇張嗎？

她的直覺向來很準，雖然他有時會厭惡這種準確，但是從她撿到庭庭開始，一連串的事證都跟她的直覺脫不了關係。

只是來逛逛，不是公家身分，並無大礙。

葛宇彤像是找到入口了，有片鐵圍籬其實是門，她才興奮的要打開，身後一隻手倏地阻止她。

幹嘛？她仰首，皺著眉望向刺毛。

只見刺毛食指擱上唇，握著她的手指向鎖頭的方向——鎖開了。

咦？有人在裡面？

刺毛二話不說立刻摟了她離開，像是情人一樣，數秒後立刻有人打開那圍籬，葛宇彤聽見了聲音，她趕緊挽住刺毛的手，依偎在他肩頭，往前走著。

一直到門關上，他們轉過彎，刺毛才停下腳步。

「真的有人在裡面！」她用嘴型說著，剛剛還出來偷看他們。

刺毛一臉廢話的樣子，要不然他需要摟著她假裝情侶嗎？他早聽見裡頭往外的腳步聲，就她還在那邊想到底是誰在裡面！

葛宇彤現在整個人都在他懷裡，仰著頭問他現在該怎麼辦？為什麼那麼晚了還有人在裡面？刺毛依然摟著她，用嘴型回他怎麼知道，說不定只是工人加班而已！

她咬著紅唇，這樣不就完全不能偷看裡面了嗎？左顧右盼想要找其他方式，卻突然一怔……前頭，停了輛灰頭土臉的摩托車。

「那個……」她揪住刺毛的襯衫，激動指著前面的機車，「是江阿福的！」

什麼？刺毛擰著眉看著黑暗中的機車，「妳確定？」

葛宇彤肯定的點頭，她有刻意記下車號，而且去哪找這麼可憐的機車啦！江阿福這麼晚了還在這裡工作嗎？可是為什麼沒有很多人的感覺？裡面也沒出現機械聲，反而有股燒東西的味道傳了出來。

葛宇彤雙手揪著刺毛的衣服思忖，他實在很想跟她說衣服會皺，但是……算了。

嗯？葛宇彤忽然正首，倏地回身往圍籬看去。

「怎麼？」刺毛壓低聲音，她很緊張。

「沒聽見嗎？」她揚首，「有人在唱歌！」

熟悉的旋律，熟悉的歌聲——葛宇彤忽然鬆開了手，直接朝著圍籬的門衝進去，那是謝依依的歌！

「嗨！」她根本是一腳踹開門的，「這麼晚還在工作啊！」

工地裡煙霧瀰漫，地上擺著一疊冥紙，江阿福見著闖進的她一陣驚愣，手上還有一疊冥紙沒放進火盆裡，嚇得跌坐在地。

「妳霹靂小組啊？」刺毛沒好氣的跟著走進來，「江先生，您好！」

江阿福一臉錯愕，幾秒後滿臉怒容，「你們你們來做什麼！警察先生，你怎麼可以擅自闖進來？這犯法啊！擅闖、擅闖……」

「擅闖民宅嗎？這算是公共範圍，嚴格說起來我們現在站的地方是人行道，只是因為你們用圍籬把它圈起來而已。」刺毛邊說邊皺眉，這濃煙也太嗆，「江先生，你燒東西好歹把門打開，不然我都搞不清楚你是要燒東西還是要燒炭自殺了！」

「冥紙啊……」葛宇彤已經走上前了，「燒給誰啊？」

她往江阿福的手邊看去，那邊竟有一疊衣物，她立刻伸手要搶，江阿福更快的一把擋下她，把她使勁往後推去！

「哇……」葛宇彤踉蹌的撞上桌子邊角，回首一瞧，是台裁木機，「刺毛！他腳邊有衣服，好像有染血！」

刺毛聞言，立即上前，江阿福二話不說立刻把手中的東西往火盆裡扔，葛宇彤忿怒的大吼，衝上前就想把衣服給救出來！

江阿福不客氣的從她背後一腳就要踹下，但刺毛更快，長腿橫掃而至，對著他曲起的膝蓋使勁一蹬，江阿福失了重心即刻向後倒去！

「呀……燙燙……」葛宇彤一邊喊著，一邊把衣服給拉出來，再捏捏耳朵。

刺毛用力把火給踩熄，其實衣物並不大片，剛剛這麼一燒也燒得差不多，只剩一小塊完好。

「在給誰燒冥紙？」刺毛狠狠回首，看向踉蹌起身的江阿福。

「我、我媽行不行！」江阿福嗆著，「我要投訴，你這個警察竟然就這樣闖進來，還對百姓動粗，你執法過當！」

「我沒在執法，現在沒在值勤，只是普通人……」刺毛一骨碌拉起葛宇彤，「我是來找這位……任意闖進人家工地的小姐；倒是你，為什麼無故傷人？我可是證人，你意圖傷害這位小姐。」

喂喂喂，現在變成來抓她了是嗎？葛宇彤挑眉看向刺毛，真會找理由咧！

「我……」江阿福神色倉皇，雙拳一握，找了一旁的隙縫就要奔出去！

葛宇彤立刻伸出腳，意圖絆倒江阿福，不過他也眼明手快，一躍跳過，還得意的笑著，刺毛急起直追，卻突然被葛宇彤拽住！

「聽——」她扣著他的手大喊著。

餘音未落，那被踹開的門猛然關上，嚇得江阿福緊急煞車，緊接著……歌聲傳出來了！熟悉的旋律再度響起，低低吟唱著，就在這個圍起來的工地裡瀰漫開來！頭頂上僅有一盞燈照明倒還算明亮，地上的火盆火勢已經不強，只殘留些許橘光在昏暗中閃爍。

歌聲幽咽帶著悲泣，刺毛拉過葛宇彤在身邊，戒慎恐懼的感受著陡然的降溫，還有空氣中傳來的一種詭異味道。

江阿福驚慌的來回張望，彷彿也在尋找那詭異的歌聲從何處傳來，葛宇彤謹慎顧盼，向左後方望去，歌聲是從那裡發出來的。

「誰？誰在唱歌！」江阿福粗嘎的吼著，「什麼人在這裡！」

「你說呢？」刺毛淡然的回答，「你知道警方怎麼找到那顆醃頭的？民眾不是意外發現的，是因為聽見歌聲才走進那間公廁的。」

「歌聲？」他皺眉，他聽不懂。

「那顆頭在唱歌……」刺毛惡意的笑笑，「噢，你應該認識，就是謝依依小姐的頭顱在唱歌！」

「幹！你說那什麼肖話！」江阿福果然開始問候別人祖宗十八代，旋身往門口去，「我在這邊聽你──」

原本伸手要拉開門的他僵住了，只差一吋就能將鐵圍籬揭開，但是他也看見了……圍籬離地有十五公分高，本是方便水與土掃出去，但也可以看見站在外面的人。

長裙覆腿，裙上血跡斑斑，是個女人，正面對著這扇門，一旦他開啟，將與之面對面。

這讓江阿福福卻步了，他急速的後退著，驚恐的望著門下那雙腳。

刺毛也留意到了，他回身注意離開的葛宇彤，她其實就在不遠處，這個工地是店家重新裝潢，所有東西都打掉重建，不過四周的隔牆跟中間的牆面都已經砌好，看起來所剩的是木工裝潢。

她現在就站在正中間的牆面，歌聲是從裡面流洩而出的！

「裡面……」她看向刺毛，「歌聲從牆裡傳出……」

不可能啊！刺毛擰著眉看向那道薄牆，左右不過十公分寬，怎麼可能塞得下一個人？就算沒有頭，身軀也不可能塞得進去啊。

兩個人不約而同的看向了站在一旁的江阿福，他正臉色鐵青的緊繃著，「看、看三小！」

「歌聲從牆裡傳出來……那是謝依依的聲音。」葛宇彤也大聲起來，「你把她埋在這裡面嗎？」

「又冷又暗，還有冰冷的東西往身上倒……」刺毛喃喃唸著在警局聽見的歌詞，「這還真準，如果被埋在裡頭，水泥灌漿之際……」

「閉嘴！你們說什麼我聽不懂！」江阿福大吼著，「不要在那邊跟我說五四三，栽贓！」

「所以燒紙錢給謝依依嗎？」葛宇彤根本沒在理他吼什麼，「為什麼要殺她？你喜歡她？還是失手……或是為了錢？」

「聽妳在放屁！」江阿福暴吼，緊握飽拳的往門外看去，門外的腳沒了，但是他現在卻不敢出去了！

他身後的角落突然有什麼影子在晃動，江阿福瞇起眼，留意著光影之間的動靜，天花板的吊燈突然開始搖晃，讓視線變得模糊。

「啊……」葛宇彤轉過身，「誰！」

誰？什麼誰？江阿福被她這麼一喝嚇得魂飛魄散，直覺性的回身——他便看到了誰。

看見那渾身是血的謝依依就站在他身後，沒有頭的她依然準確的伸出雙手，使勁將他狠狠往後推！

「哇啊！」江阿福被推得向後跌落在地，滑到刺毛的腳邊。

而謝依依在推了這一把後，打直的雙手忽然崩解，一塊接著一塊的掉落在地，緊接著是長裙內的腳，她先明顯得傾斜身子，然後有什麼東西從裙裡滾出，接下來是右邊、左邊……乃至於身子趴上了地。

掉落在地上的，是十公分見方的肉塊，她的腳跟她的手。

「你不只剁下她的頭？你連手都分屍？」葛宇彤高呼出聲，她明白了，「切成一塊一塊的？」

刺毛立刻看現那面薄牆，「如果切成塊狀，就可以解釋怎麼塞進這面牆裡了！」

如果不是整隻手整隻腳，要塞滿整片牆都可以！

歌聲未歇，只是謝依依僅哼著曲調並沒有唱出歌詞，聲音越來越響亮，連刺毛都聽得出來自於那面牆壁！

「哇啊……哇……」江阿福慌亂的以手代腳往後爬，「不要過來！妳的錯，這都是妳的錯！」

趴在地上的謝依依失去了四肢與與頭顱，但卻還是用著身軀，扭動的往前爬行，那真是一種詭異的情況，看著一個只有軀幹的身體扭動雙肩，像毛毛蟲般往前蠕動，被剁下頭顱的頸部斷口就向著江阿福，一吋一吋的靠過去。

刺毛一把提拎起江阿福的領子，逼他站起，「不要再靠近了！謝依依！」

他拉著江阿福往後退，老實說看著她拚命朝前爬，實在有點於心不忍，但是他不能讓鬼殺掉兇手，這是私刑，身為執法人員，他要江阿福認罪！

『他殺了我殺了我，你為什麼要阻止我？』牆裡發出歌聲了，站在牆前的葛宇彤還因此嚇一跳。『我好害怕我好恐懼，我想殺了他！』

「因為我要他被定罪，妳在這邊殺了他，他就只是一個枉死的人！」刺毛厲聲吼著，空間裡迴盪著他的吼聲。

『誰在乎這個啊？嘻嘻……』

咦？葛宇彤錯愕的看向牆，怎麼會有別人的聲音從牆裡發出來？她大膽的貼上冰冷牆面，裡頭不止一個人嗎？

而前頭爬行的謝依依突然停住，下一秒竟像裝了彈簧似的，猛然向上衝過來了！

刺毛飛快地把江阿福往後扔，看著那頸部斷口近在眼前，他喝啊一聲雙手擋下，再將那軀體往工地深處打去！

哇啊！葛宇彤錯愕的回身，恰巧看著那軀幹飛掠眼前，撞上裡頭的牆。

「喂，你……你怎麼這樣欺負弱女子啊？」她嚷嚷。

「弱女子？」刺毛簡直不可思議，「哪裡柔弱的啊？妳是沒看見她衝過來嗎？」

「沒看見……我在聽牆裡的聲音！」葛宇彤氣急敗壞的朝刺毛走來，「爛人呢？」

「那！」刺毛指指身旁，雙眼卻直視前方，謝依依不見了。

走出中間那隔牆的範圍，可以看見江阿福剛剛被刺毛甩撞上一旁的鐵圍籬，他正全身發抖的貼著圍籬無法動彈。

「喂，你，除了謝依依還殺了誰？」她不客氣的揪起他的衣領，「說！裡面埋了幾個人？」

「什麼？」刺毛這下不得不回首了，「不止一個人？」

「剛剛有另一個人的聲——小心！」葛宇彤瞪圓雙眼大喊，地上的磁磚竟然騰空飛起，朝著這邊射過來了！「呀——」

她立刻壓著江阿福蹲低身子，刺毛也警覺性高地直接伏在地上，聽著磁磚掠過頭上一片片砸碎在圍籬上，緊接著玻璃碎裂聲響，室內陡然一黑，磁磚打破了燈泡。

糟！刺毛伏低身子，巧妙一轉成了仰身，在敵營怎麼可以看不見狀況呢？

工地內已經一片黑暗，磁磚還在飛舞，他們都相當靠近圍籬，即使沒被砸到身上也有碎片落下，葛宇彤壓著江阿福不停撥著掉在身上的碎片，刺毛早就已經挪動身子遠離了圍籬。

「我沒有要殺妳！不是我不是我！」江阿福抱著頭驚恐的大吼著，「不要怪我！要怪就怪妳啊，妳怎麼可以這麼忘恩負義——」

「說什麼！閉嘴！」葛宇彤低咒著，現在說這些只是讓亡者更加忿怒而已啊！

「真的不是我！警察先生義工小姐，我沒有殺她！」江阿福悄悄轉過來對著葛宇彤求情，「我們會幫她作法會、會超渡她，會……」

餘音未落，江阿福被莫名的力量向後掀起，騰空飛起，再重重的摔落在裁木桌上，在哀鳴聲中又滾落地面。

磁磚攻勢已經停了，葛宇彤倉皇回身，卻瞥見一個一閃而逝的身影，自牆後的空間掠過——還有誰在？

她扶著圍籬錯愕起身，只是一秒鐘的時間，但是她沒有看錯，真的有人……或是鬼，隨便啦！

「謝依依！」刺毛的吼聲傳來，「他是兇手，必須接受法律制裁，我不能讓你們這些孤魂野鬼濫用私刑！」

白痴對話！葛宇彤立刻筆直朝薄牆前的刺毛奔去，同一時間一抹影子正面朝刺毛而來，她滑壘到刺毛身邊，朝著半空中張開右掌——啪！青色火花在空中炸開，她擋下了！

「不要講刺激她的話！」葛宇彤立刻對刺毛喊著，「快點帶江阿福出去！」

刺毛嘖了聲，他說的是理所當然的道理啊！伸手要拉起爬到旁邊的江阿福，卻發現拉不動？

「哇啊——不要抓我！放開我！」

刺毛趕緊拿起腰後的手電筒照去，發現江阿福竟貼著那面牆，不……他是被扣在那面牆上了！

牆裡竟伸出手抓住他的身體，還伸出了腳交叉在他身前，緊緊抱住。

活像他身後坐著一個人，由後勾住他的身體，只是他現在貼著的是牆，不是人！

那青灰色的手上都是裂痕，是被剁下重組的痕跡，十指指尖朝江阿福胸口刺去，使盡渾

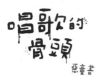

身解數的扣緊他，絲毫不想讓他離開！

「放手！」刺毛立即拿出警棍，朝著牆面伸出的手打下。

那手倏地握住他的警棍，呈現詭異的拉鋸，刺毛毫不退縮，用腳意圖把那雙手踩掉，將江阿福解救出來！

『我很痛啊——』驀地一聲尖叫出現在刺毛耳邊，他一時因驚嚇鬆開了手電筒，下一秒葛宇彤只感覺到風壓掠過，刺毛從她身邊飛過去了！

咦咦！刺毛被甩上圍籬，整片鐵板咚咚迴音作響，看著他跌落在地，而他的身邊，站著那無頭的……謝依依！

「哇啊——」腳邊的江阿福發出哀鳴，抱住他身子的手指尖，根本是往他胸口的肉裡刺去！

葛宇彤飛快蹲下身子，不假思索的拔掉手中的水晶佛珠，就要套上阿福的手腕，只是說時遲那時快，原本刺進阿福胸口裡的手，驀地朝葛宇彤打去！

「啊……」她被迎面痛擊，佛珠還沒套上就落了地，痛苦的閉著雙眼還搞不清楚是怎麼回事，一股強大的力道直接衝向她的身體！

好痛！葛宇彤只感到自己飛快向後，也撞上圍籬再咚隆落地，她疼得勉強睜開雙眼，看見的是頸部的斷口，那軀幹趴在地上，明明沒有頭，她卻可以感受到正瞪著他們……

對，謝依依瞪著他們，因為騰騰殺氣已經瀰漫開來了！

「……刺毛？刺毛！」葛宇彤伸手探向隔壁，「還活著嗎你？」

「可惡！」他低咒著，頭有快裂開的感覺，掙扎著坐起，「這太過分了！」

「沒辦法，她被殺了耶！」葛宇彤隻手撐著起身，她全身都痛，「謝依依，江阿福不能殺，妳殺了他就回不去了，妳不但不能再待在庭庭身邊，還會變成厲鬼！」

火盆裡的火光噴發著，地上的手電筒在滾動搖晃，牆內的手倏地消失，取而代之的是那個沒有頭卻完整的身影，背對著他們站在牆邊，江阿福的身邊。

『他殺了我，我的頭被砍下來、我的手被砍下來、我的腳也被砍下來，咚、咚、咚、咚，我的手變成一塊又一塊；沒事沒事，可是這裡好冷好小好黑，還有冰冷的東西倒下來，咚、咚、咚、又有可怕的聲音鋸東西，快帶我出去，快帶我出去！為什麼要殺了我，他殺了我他殺了我他也殺了我！我的身體不見了，不見了，到哪裡去了呢？為什麼要殺了我？他殺了我他殺了我他也殺了我！』

牆壁開始吟唱完整的歌詞，刺毛掙扎站起，一邊扶著葛宇彤，她的視線落在地上的水晶佛珠，包包裡應該還有東西，但是她現在痛得難以伸手去拿。

「不關我的事！真的不關——」謝依依一把揪起江阿福的衣領，狠很往旁邊的裁木桌上甩去！

砰磅巨響，整張桌子震下了紛飛木屑，下一秒，桌上的刀鋸轉動了……

葛宇彤不由得狠狠倒抽一口氣，謝依依想要切開江阿福！「住手啊——」

她咬牙忍痛往前跑去，一邊將包包移向前，她一點都不想傷害那個其實可能無辜的謝依依，可是這樣下去她會變成厲鬼的，變成厲鬼後，怎麼守護庭庭呢？

「不要——救命！救命啊！」江阿福恐懼的慘叫著，「對不起對不起，我應該報警的，不要殺我，不要——」

江阿福看著每天在接觸的輪鋸大吼著，因為謝依依已經抓過他的手，逼近了那輪鋸。

歌聲未止，牆裡發出一種令人愉悅的聲音。

刺毛意圖追上前，卻猛然聽見一陣詭異聲響來自正上方。

啪——啪——頭頂那釘好的樑架竟然無外力自斷，一截跟著一截，木屑落了下來……下一秒，天花板就這麼坍塌了！

「葛宇彤！」刺毛衝上前，拽過才抬首錯愕的她，直接往旁邊滾去，但是根本來不及，上方的樑架整片砸了下來！

他一點都不想這樣因公殉職！

葛宇彤緊閉起雙眼，已經意識到會發生什麼事了，但是她竟然完全沒有辦法做些什麼……不管是謝依依、江阿福，甚至是刺毛跟自己！

「哇啊啊啊──」淒厲的慘叫聲傳來，「我的手──哇──」

輪鋸的聲音變了，葛宇彤甚至可以聽見輪鋸鋸骨時受到阻礙的聲響，但是那聲音很快就沒了，或許是因為鋸的是手吧……不，等等，她怎麼還有空想這個東西？

她整個人被刺毛護在懷裡，悄悄睜開沒有貼在胸膛的那隻眼，塌下的天花板被什麼擋住了嗎？

睜眼，看見的卻是刺毛身邊的一個人影，穿著T恤，而那人影的背後，有個駭人的怪獸……紅色的雙眸正望著她，頭上有一對尖角，身形龐大但是她現在竟然看不清楚。

刺毛也感覺到不對勁了，照理說天花板應該已經落下，他狐疑睜眼，才想抬頭，頂上突然一股壓力蓋下，他收緊雙手，葛宇彤也驚嚇閉眼，天花板現在才「放」到了他們身上。

什麼東西！她心急如焚的想知道，但是可以感受到壓力在刺毛身上，不想連累到他，所以不該輕舉妄動啊！

「啊啊啊啊──不要這樣，救命啊──」江阿福扯開嗓子淒厲的叫著，輪鋸再度鋸開他的另一隻手臂，鋸到骨頭時發出了粗糙的聲響，白色的骨粉融進鮮血裡，四處飛濺。

歌聲越來越輕揚，沒有頭的女鬼動作準確俐落，將雙臂被鋸斷的江阿福舉起再甩下，更換了位置，還有大腿呢。

「能動嗎？」葛宇彤悶悶的說著，「刺毛？」

刺毛顯得很痛苦，緩緩睜眼，眼見一片血紅，鮮血從他額上流進了眼裡，「可以……應該。」

「算了！不要逞強！」葛宇彤阻止他想要頂開天花板的動作，不知道那有多重，任意移動說不定會造成意外傷害！

她悄悄往旁邊看，右手邊有縫隙，並沒有堆疊物品，所以她讓刺毛鬆開手，從那雜物縫裡鑽了出去！

江阿福已經沒有聲音了，她一站出去就使勁先搬開刺毛頭上的木頭，減輕他頸椎的壓力後，抓過一根木條走上前！

謝依依轉了過來，從她肩頭的移動就看得出她是回身，應該是瞅著她的。

「住手……」葛宇彤狼狽的說著，看著一室的血跡斑斑，謝依依正抓著江阿福的腳踝，輪鋸在他大腿根部。

『他殺了我，我的頭被砍下來、我的手被砍下來、我的腳也被砍下來。』謝依依正首，輕輕一拉，就把江阿福整個人往輪鋸邊送，鋸子啪啦啪啦鋸開江阿福的大腿，血肉橫飛，遇到大腿骨較粗硬之處，一使勁就切開了。

而且平行順勢，跟著鋸掉了另一隻大腿。

斷肢殘臂落在地上，檯子上只剩下四肢被鋸斷，鮮血橫流的江阿福，他早已昏死過去，鼻子嘴巴都流出血來，只怕無力回天。

『咚、咚、咚、咚，我的手變成一塊又一塊。』謝依依轉了過來，面向著她，『妳為什麼要幫他呢？為什麼要幫他殺了我？』

「我開始不想同情妳了！」葛宇彤將手中木條直接往謝依依身子戳去，她伸手握住擋下，葛宇彤藉機彎身把水晶佛珠執起，勾在指間就朝謝依依甩了過去！

『嘎——』恐懼的尖叫聲在空中拉長了尾音，水晶佛珠甩上牆後碎開，咚咚咚的珠子滾落一地，觸地時還特別清脆。

躺在桌上的江阿福抽搐著，斷開的手臂是碗口大的斷面，鮮血漫了一桌，在桌緣形成血瀑，濃稠的血緩速滴落，地上一大灘血，她不支的蹲下掌心觸地時，手掌登時浸在血裡。

歌聲消失了，葛宇彤回首望著身後那道牆，腦子裡想著的卻是剛剛站在刺毛身邊的人與獸。

「葛宇彤……」有些痛苦的聲音傳來。

「別踏過來，這邊都是血……」她出聲制止，連拿手電筒都避免，盡可能不要破壞到現場。

刺毛掌心壓著頭，看向躺在桌上那只有軀幹的男人，低咒了幾聲，自口袋裡拿出手機。

「我要報警了。」他低喃著。「要怎麼解釋？」

「解釋？那重要嗎？」葛宇彤搖了搖頭，「先找人來把這片牆挖開吧！」

刺毛拿起手機，「還有，申請搜索票。」

江阿福他家，總該搜一搜了。

第八章

醫護人員默默的為眼前傷痕累累的女人消毒包紮，這次都是擦傷刮傷，只是可能又要跑一趟醫院照X光，看看骨頭有沒有裂開，或是否有內出血等等。

「又見面了。」醫護人員漫不經心的說，「小姐好像很常受傷接著發現屍體厚？」

「你這個月都值晚班嗎？」葛宇彤沒好氣的唸著，「你以為我喜歡啊，欸欸，你看那個刺毛的，他還不是也受傷了！」

「他是刑警，那是工作。」醫護人員倒是不以為然，「小姐妳是……」

「記者。」她揚起笑容，醫護人員臉色果然丕變！

天曉得現在記者多可怕，萬一明天就寫篇救護車醫護人員隨便處理傷者的報導怎麼辦？他趕緊謹慎認真的為葛宇彤包紮，她看得出來記者兩個字很嚇人，但她才不會對這點小事計較咧。

「刺毛！唷喝！」她坐在救護車裡大叫著。

刺毛正在指揮現場，聞言回頭狠瞪，她是有必要喊這麼大聲嗎？「噓！」他伸手比了噓，她噘起嘴招著手。

來啦來啦！她盛情招著，刺毛簡短的跟學弟再交代聲，回身朝救護車走來。「幹嘛？我在工作！」

「你是證人指揮什麼？」她伸手拉著他坐下，擔憂的看著他的頭。「你根本沒包紮，想得破傷風嗎？喂，你先處理他，我差不多包完了吧？」

「呃，還有幾個小傷口……」

「那個棉棒給我，我抹抹就好了。」她退到一邊，把刺毛拉到位子上坐好。

唉，他的確是證人，這個現場他不能負責，但是一心懸在那面薄牆裡，他非常想知道那面牆裡有些什麼啊！

「有派人去江阿福家搜索了嗎？」她抹著小傷口。

「已經申請了，有一隊已經出發搜索。」刺毛嚴肅的擰眉，「跟我想的一樣，謝家幾個路口監視器都沒有拍到謝依依的身影，她根本不是離家出走，只怕就在隔壁慘遭不測。」

「動機是什麼？」她思忖著，「而且江阿福在恐懼之餘也大喊了他沒有殺謝依依……」

「誰知道說真的假的？」刺毛不採信。「去他家搜一遍，看有沒有跡證就知道了。」

嗯嗯……葛宇彤點了點頭，「我啊，覺得事情還沒完。」

刺毛哎了一聲，醫護人員正在為他消毒傷口，那口子很大，勢必要經過縫合……事實上刺毛身上很多地方都需要進醫院修補才行。

「警官，你得先去醫院一趟，這些傷口太大了……你看，還有插在身體裡的！」醫護人員當機立斷，「立刻得走。」

「不行！」刺毛厲聲一吼，讓要關門的醫護人員呆住，「再等一下！」

「唉，他只要等一份小報告而已，再等一下下厚！」葛宇彤笑臉對著醫護人員，「你別嚇人啊！他是救治我們的人耶！」

刺毛緊繃著，眼神一直沒放過那被封鎖線圍起來的地方，醫護人員搖搖頭，只得先收拾東西，到前頭去等著。

「妳說還沒完是什麼意思？」刺毛突然低沉出聲。

「歌詞有三個人……記得嗎？」她抿了抿唇，「而且就她殺掉江阿福的狀況，我覺得還有別人。」

「葛宇彤。」刺毛回首，嚴正的凝視著她，「妳真的，聽得懂她在唱什麼？」

「咦？」這一問，讓她怔住了，「什麼意思？你聽不懂？剛剛在裡面她唱得多賣力啊，她說——」

「沒有人聽得懂。」他打斷了她的話語，「我們聽見的是咿咿哦哦不知所云的亂語，不是中文啊！要不是妳翻譯，我根本不知道！」

葛宇彤倒抽一口氣，杏眼圓睜，哎呀……從一開始就只有她聽得清晰？這還不是普通人能發現的案子嗎？

唉！她嘖嘖幾聲，又閉眼又搖頭又嘆氣的，「我沒騙你。」

刺毛銳利的眸子鎖著她，緩緩閉上，「這是我最火大的地方。」

他信葛宇彤，莫名其妙的相信她。

就算全世界都說那只是具有旋律的歌，他卻還是信葛宇彤！信從她那雙漂亮眼睛透出來的驚訝，她說得流利的歌詞，彷彿她真的聽見謝依依怎麼唱……不，她確實聽見了。

「妳真的有特殊體質對吧？」刺毛顯得很無奈，「我居然在靠靈媒辦案。」

「我才不是靈媒咧，就有時較為敏感而已，這件事怪不得我，我沒得選啊！」她竟也露出一臉不悅，「還有，你管怎麼辦案的？靈媒又如何，能破案才是重點好嗎？」

他輕哂，說得不無道理，最重要的是要破案，將兇手繩之以法。

「學長！」學弟急匆匆的邊喊著跑過來，那欣喜若狂的神情在在顯露了案情的發展，「找到了！」

「全部的屍塊都在嗎？」刺毛也難掩激動。

學弟頓了幾秒，「不……沒有全部。」

「什麼？」刺毛皺起眉頭，「那牆裡有什麼？」

「X光照出來，判定是四肢！」學弟認真的回答，「雙手跟雙腳，依照骨骼大小，是女人的！」

雙手跟雙腳……刺毛想著散落在地上的四肢，江阿福被切斷的手腳，在牆上扣住他的也是手腳——只有手腳！

「小心取出，不要讓屍體有損傷……」刺毛沉著聲音交代著，「死者呢？」

「送去驗屍了，血幾乎都流光了。」學弟臉色有點難看，「法醫說，那個人是活活被鋸斷手腳的？」

「嗯，就把他想像成木材，推進輪鋸裡就是了。」刺毛很認真的回應，葛宇彤哎呀搖首。

「不必想那個啦！」她用手肘推了刺毛一把，無緣無故叫人家想像人體被輪鋸分屍的畫面幹嘛？不噁心嗎？「現場就麻煩了，你刺毛學長傷勢很重，得快去醫院縫合。」

「我哪有……」刺毛回身想唸，卻牽動到傷口一陣刺痛。

「看吧！」她使勁拍拍車子，前頭醫護人員可以走了，「速戰速決，快點縫完，說不定還趕得上江阿福家的搜索！」

刺毛雙眼倏地一亮，說得沒錯，這個現場他不能插手，但是江家的搜查不能放棄！

「欸！」葛宇彤笑望著他，「謝謝你剛剛在裡面護著我。」

刺毛瞥了她一眼，「這是我該做的——說起來都是妳，什麼都不管就貿然亂跑！妳聽得見鬼在唱歌，聽不到上頭樑斷？」

「我只想阻止謝依依好嗎？」她瞪圓眼微慍，「而且歌聲這麼大，我哪會注意這麼多，記歌詞都來不及了！」

「呼……」刺毛終於輕輕的靠著後頭，鬆了一口氣，「我現在才有種似乎撿回一命的感覺。」

「撿回一命啊……」葛宇彤沉吟著，「你真的覺得天花板這樣砸下來，你傷勢會這麼輕？」

刺毛睜眼，望著車裡架上的設施，眼神深遠，「不覺得，隔太久了，天花板是放到我身上的。」

「咦？」葛宇彤顯得喜出望外，「你知道？」

「正常人都會知道！」他眼尾掃了她一眼，「好像被什麼卡住，或是有人擋下了。」

葛宇彤雙眼熠熠有光，刺毛並不遲鈍嘛！他果然懂！「我有種以後跟你溝通可能會更順利的感覺了！」

「說什麼啊，我連呼吸聲都聽見了，就在我身邊。」對於有人在身後這種敏銳度怎麼可能沒有！「而且照理說我抱過妳那一秒應該就會掉下來了，還有時間容妳亂看？」

「你連我亂看都知道啊！」葛宇彤吐吐舌，這傢伙挺厲害的嘛！

「妳挑個眉我都知道。」廢話，她貼在他胸前啊，什麼表情他會感受不到？「不過不管是什麼，我都謝謝他救了我。」

「如果是鬼呢？」她挑起一抹笑。

「照謝不誤。」濃眉上挑，理所當然，「現在來說說，那個唱歌的鬼是怎麼回事？牆裡只有手跟腳，頭就算了手跟腳也會唱歌？」

「我怎麼知道，聲音真的是從牆裡傳出來的……欸，你聽不出歌詞也聽到聲音了吧？」她嚷嚷的鼓起腮幫子，「才說信我的！」

「我有說不信嗎？信得我很火大妳不知道嗎？我在場，也聽見牆裡傳出歌聲，所以呢？」刺毛帶著微怒唸著，「我現在問的是，手跟腳怎麼會唱歌！」

「我怎麼知道？唱歌的頭顱？唱歌的手？唱歌的腳？」葛宇彤往擔架床上倒去，「想得我頭都痛了，謝依依現身時也沒頭啊！」

「現場根本沒嘴巴，歌都能照哼！」刺毛對這塊實在是無力，「乾脆說唱歌的肉、唱歌的骨頭算了！」

躺在床上的葛宇彤倏地跳開眼皮，瞠著雙眸盯著車內電燈，下一秒猛然坐了起來，吃驚的瞪著刺毛瞧。

「幹嘛？」瞧她這模樣，想到什麼了？「發現什麼了？」

「你剛說什麼？」她激動的往前挪，原本想揪他的衣袖，怎知車子一個轉彎，她差點掉下床。

喂——刺毛趕緊伸手拉住她，這女人是怎樣？

「唱歌的骨頭！」葛宇彤雙手緊緊扳住他的手，「你真是天才耶，刺毛！」

他皺起眉，「妳撞到頭了嗎？」枉費他護得這麼辛苦。

「唱歌的骨頭啊！你沒聽過嗎？」她綻開笑顏，「是童話故事呢！」

哇咧，現在小孩什麼時候聽這種限制級的童話故事了！

很久很久以前，有頭野豬在森林中四處逞兇，於是國王昭告天下，只要有誰能殺掉為惡的野豬，就將公主嫁給他，眾人躍躍欲試，有三兄弟知道這個消息之後，也決定前去獵捕。

三兄弟中的老大聰明機靈，老二平平凡凡，老三則是老實憨厚，就是比較笨一些。

因此老大老二一起行動，老三則是獨自前往，偏偏老三傻人有傻福，一入森林便有個手裡拿著黑色長矛的小矮人朝他走來，說：「你拿著這把長矛去對付野豬吧。

只要有這把長矛，就能殺死野豬。」老三遵照小矮人的指示，輕而易舉的殺死野豬。

於是老三得意洋洋的揹著野豬的屍體前往皇宮，途中休息時遇到兩位哥哥，當他們看到老三揹著野豬的屍體，便熱情招呼他，天真的老三當然不知道哥哥們的心機，只顧著開心喝酒作樂，分享怎麼得到小矮人相助並與野豬搏鬥的情況。

當天晚上，兄弟三人一起啟程，經過一座橋時，兩位哥哥突然襲擊老三，將他活活打死，並將屍體扔到橋下。於是，老大頂替了老三的功勞，揹著野豬的屍體領賞，並娶了公主。

多年之後，有個牧羊人經過那座橋，看見橋下沙堆中有根雪白的骨頭，便將它拾起雕成角笛吹奏，不過當牧羊人正要吹奏時，角笛自動唱起歌來：

「啊啊，牧羊人，請你吹我的骨頭吧。我的哥哥為了娶公主為妻，狠心將我殺害，埋在橋下的沙堆裡，還搶了我的野豬。」

牧羊人發現不對勁，便將角笛獻給國王，角笛又唱了一樣的歌。國王聽見角笛的哭訴後，下令挖掘橋下的沙堆，果然挖到老三的白骨，國王便將兩位狠心的哥哥丟進河裡處死，並且將老三的屍骨安葬在教堂的墓裡。

這是個格林童話中很特殊的篇章，意在告誡人不應為惡，以為神不知鬼不覺，殊不知報應不爽。

葛宇彤滑著手機上的童話故事，唱歌的骨頭，恰如謝依依的骸骨，她被分屍的屍塊會一一吟唱，訴說著她被殺的痛苦，跟故事裡一樣，歌裡有動機、有過程也有結果。

只是她每次唱的都不一樣啊，總是讓她措手不及……下一次應該要錄音才對！

她坐在車裡休息，其實她又累又倦，全身大傷小傷不斷，偏偏都不關她的事，雖說路見不平拔刀相助，但是她不想受傷啊！

半仰躺著，陽光透過玻璃窗照入，身上暖洋洋的，她跟林蔚珊約在這兒，也在等通電話。

手機終於響起，她趕緊接起。

「喂，怎樣？」她緊張的拿出紙筆抄錄，「好……確定嗎？嗯嗯。」

林蔚珊剛好抵達，敲敲車窗，葛宇彤打開中控鎖，示意沒鎖，讓她上車。

「我沒事啦，就是一點小傷……不不！妳不要來！」她口吻變得嚴肅，「這個不分青紅皂白的，妳不要來攪和，免得也遭殃！」

林蔚珊坐上副駕駛座的位子，葛宇彤是在跟誰講話啊，遭殃？

「妳少來，妳只是想要看看這次的鬼長怎樣而已！」葛宇彤冷哼一聲，「乖乖當妳的律師吧，牛鬼蛇神還不夠多嗎？好，謝了，有事再找妳！」

她掛上電話，臉上露出滿足的笑意，隔壁的林蔚珊臉色就不怎麼好看了。「誰……想看鬼啊？」

「我妹。」葛宇彤掛上電話，「她就好奇心重，每次都想湊一腳。」

葛宇彤的妹妹……林蔚珊乾笑著，真不愧是姊妹嗎？厲鬼有什麼好看的？她注意到葛宇彤身上都是紗布，她聽說了工地的事情，警方找到一部分的屍塊，是她跟卓警官找到的。

現場還有一具被活活鋸斷四肢的屍體，竟然是謝依依家隔壁的江阿福，街頭巷尾都震驚極了，更別說黃怡捷哭得呼天搶地。

昨天連夜警方就去江家搜索了，整條巷子都被驚醒，黃怡捷被嚇得說不出話來，她披著單薄的外套站在外頭，王婆婆她們都跑去照顧她，她哭著說根本不知道江阿福做這種事，也不相信，嚷著問警察老公在哪裡？

沒多久，就有警車把她載走了，認屍吧……她昨天一直陪庭庭到晚上一點多才走，謝棋仁表示先別讓庭庭知道這件事，他會找個藉口騙她，這幾天也不打算讓她上學了，畢竟記者這麼多，又沒良心的追著庭庭問。

累得要死卻放不下庭庭，今天一早葛宇彤就打來說要送她上班，她一方面感到窩心，一方面也知道……葛宇彤應該是有事要做。

「妳還好嗎？受的傷似乎不輕。」林蔚珊關切的問。

「死不了，妳該看看刺毛的才經典。」葛宇彤比了個五公分的長度，「昨天有個木屑就這樣插在他脊椎旁，醫生說只差一點點就傷到神經了呢！」

呃……林蔚珊緊張的嚥了口口水，照理說這種時候應該是用恐懼的口吻說，為什麼她講起來是神采飛揚呢？

「你們怎麼發現其他屍塊的？」林蔚珊比較好奇的是這點。「我看新聞說，似乎封在水泥裡的只有四肢而已，沒有身體。」

「蔚珊，」葛宇彤揚起得意的笑容，「唱歌的骨頭。」

「唱歌的骨頭……」她當然知道這個故事，只是怎麼……「天哪！妳是說——」

「她的骨頭在唱歌，我會找到那邊其實是直覺，但是她那顆醃頭告訴我線索，我恰巧看見江阿福在工地工作，才想隨便去看看的。」葛宇彤提及江阿福，有些感慨，「不過我們並不希望他死，只是希望繩之以法。」

「謝依依如果是被殺又被分屍……她可能不會這麼理智？」林蔚珊輕聲說著，「妳以前跟我說過，厲鬼是沒有理智可言的？」

葛宇彤劃上笑容，「正是！不過謝依依之前還不是厲鬼吧……但是昨天我看她把江阿福當木頭鋸開，只怕來不及了。」

殺戮之氣太驚人，狀況已經走偏了。

車子停到了巷口，果然有警察在路口指揮，葛宇彤跟林蔚珊雙雙下車步行，江家依然有封鎖線，警察進進出出，看來應該是搜索到什麼了。

林蔚珊按了謝棋仁的門鈴，沒多久他便前來應門，看見葛宇彤還愣了一下。

「葛小姐。」他頷首，「怎麼好麻煩兩位？」

「噢，不麻煩，只有學姐來陪庭庭，我有工作要忙。」葛宇彤望裡探了探，「不過我想進去看一下庭庭好嗎？」

「當然歡迎！」謝棋仁看上去有些憔悴，鬍碴也沒刮，林蔚珊說他已經幾天沒去上班了。「妳們來陪庭庭真的太好了，我很感謝！」

「別這樣說，我們也很擔心庭庭的狀況。」葛宇彤瞥了他一眼，「謝先生這幾天都沒去工作？」

「唉，怎麼去？」他無奈的嘆口氣，「記者不是在外面，就是在我工作的地方……現在又……」

他伸手指向隔壁，一臉欲哭無淚。

「阿姨！」庭庭奔了出來，「彤阿姨也來了！」

「是啊！來看庭庭有沒有乖！」葛宇彤彎下腰，摸摸庭庭的臉頰，「怎麼？不去上學會不會很無聊？」

「不會……」庭庭搖了搖頭，「阿姨，妳還沒找到我媽媽嗎？」

剎那間空氣凝結，葛宇彤不解的望向林蔚珊，庭庭不是應該在確定頭顱 DNA 是謝依依後，就知道母親身故的消息了？

林蔚珊也很錯愕，她悄悄瞥向謝棋仁，這件事他沒說過嗎？謝棋仁則是一臉慌張，蹲下身子趕忙想跟庭庭解釋！但是林蔚珊飛快地上前阻止，對她而言，那不是解釋，是二度傷害！

「妳媽媽呢……」葛宇彤正快速編織謊言，「妳不知道她在哪裡？」

「不知道，但是阿姨妳會幫我找到對吧？」庭庭很認真的望著葛宇彤，「我昨天有夢到媽媽喔，她說她就快回來了，等她處埋好事情，就會回來找我！」

是、是喔？可能不要回來會比較好喔？

「好好好，蔚珊阿姨也會幫忙，妳吃早餐了嗎？」林蔚珊趕緊把庭庭支開，「我弄歐姆蛋給妳吃好不好？」

「嗯！」庭庭用力點頭！「阿姨妳不必找啦，只有彤阿姨找得到媽媽的！」

咦？葛宇彤立刻拉住小手，「為什麼這麼說？」

她力道過大，庭庭又是一陣錯愕的回神，「……媽媽說的啊！」

「葛宇彤！」林蔚珊拉開她的手，她又太激動了，弄傷庭庭怎麼辦。

林蔚珊對她擠眉弄眼的暗示，趕緊帶著庭庭往廚房去；等她們一走進去，葛宇彤立刻看向謝棋仁。

「怎麼回事？你沒好好跟庭庭談過嗎？」她擰眉。

「談過了啊，她從記者那邊知道後就哭著回來問我，我跟她說媽媽被壞人殺了，她哭了一晚。」謝棋仁面露愁容，「不過我也覺得奇怪，她隔天就恢復開朗，但再也沒跟我提依依的事……她不講我也不能刻意提吧？」

「她不是有逃避現實的傾向，就是她真的看見謝依依了！」

「什麼……」謝棋仁嚇得瞪大雙眼。

「妳以為隔壁江阿福是怎麼死的？自己上台子往輪鋸噜嗎？」葛宇彤往裡頭看去，「謝依依的房間是哪一間？我可以看看嗎？」

「啊……請……」謝棋仁聲音都在顫抖，「妳說阿福是怎麼回事？警察跟我說我還不敢相信，他為什麼要殺依依！」

「動機還不知道……」葛宇彤頓了一頓，「啊對了，說不定土地是個動機呢！」

謝棋仁明顯的怔住了，他佈滿血絲的雙眼看著葛宇彤，臉色鐵青，連張開的嘴都在抖，

「江阿福知道地的事嗎？」葛宇彤環顧謝依依的房間，還算整潔，沒什麼多餘的物品，窗邊是床，而這扇窗望出去……

「地……妳怎麼會知道……」

可以看見江家的陽台。

「知……知道，依依對誰都講，她不分輕重。」謝棋仁低垂頭，「妳該不會是說，阿福

殺依依是為了地？這根本不合理，阿福跟地怎麼會有關係？就算依依死了，地也不可能是他的啊！」

「地不是他的，那錢呢？」葛宇彤聳了聳肩，「我現在也只是亂猜，因為我沒辦法想像像謝依依那樣的人，能跟人結什麼仇！」

葛宇彤看向一旁的照片，是謝依依母女燦爛的合照，老實說謝依依長得頗為清秀，警方也有做過情殺的推測……說不定江阿福喜歡謝依依，或是看她天真單純想要佔她便宜，混亂中意外殺死她。

其實這都是胡亂推測，她也只是想看謝棋仁知道多少。

看著謝棋仁開始慌亂，嘴裡喃喃唸著不可能，大家都對依依很好，不懂為什麼江阿福會這麼做，他也是把依依當妹妹……葛宇彤嘆口氣，她該到隔壁去了，咖啡快涼了。

還沒旋身，就覺得有東西在晃動，狐疑的再往窗外看了一下……卻看見一隻手在對面的陽台上招呀招……招呀招的……藍色的襯衫跟米色棉褲！是那個男人！

「謝謝，我有事要先走了！」葛宇彤忽然急如星火的往外走去，「學姐，我先走了喔！」

「咦？」林蔚珊狐疑的探頭出來時，葛宇彤已經衝出大門了。

連謝棋仁都還愣在謝依依房門口，是想到什麼十萬火急的事，讓她筆直往外衝？庭庭跟著探出頭來，笑瞇了雙眼。

「彤阿姨去找媽媽了嗎？」

第九章

刺毛嚴肅的在江家客廳中站著，鑑識人員正在收集跡證，已經證實了廚房有大量血跡，現在他們正在撬開通往陽台的門，因為那邊竟然被釘死了。

「學長……」學弟面有難色的走來，往外頭瞥了眼，「葛小姐在外面……」

「啊？」刺毛不由得擰眉，「她是不必睡覺嗎？」

學弟轉了轉眼珠子，學長你也沒睡啊？昨天從醫院縫完後就直接跑來現場，至今未闔眼啊！

「唉！」刺毛不耐煩的嘆口氣，還是選擇回身往外走去。

還沒到門外，就看見站在門口一臉甜笑的葛宇彤，她右手甚至還晃著一杯星巴克跟三明治，這讓走到前庭的刺毛止步，這傢伙連早餐都備妥了，根本黃鼠狼給雞拜年！

「妳不用休息的嗎？」相隔一條封鎖線，刺毛不客氣的拿過咖啡跟三明治，真好，拿鐵半糖，「才幾點就跑來了？」

「你連睡都沒睡吧，我幫你挑咖啡 DOUBLE 了。」葛宇彤往裡頭望著，「查到陽台了沒？」

刺毛眼神立刻閃過一絲光芒，「陽台有什麼？」

「有個男人在招手，就我之前跟你提過，只有腳骨沒有肉的浮遊靈？」她身子前傾，附在他耳邊說著，「剛剛在隔壁看見他對著我招手。」

刺毛又喝了口咖啡，那邊果然有問題，否則也不必釘死了，「江阿福用木板釘死，黃怡捷說她也不知道為什麼，她不敢過問江阿福的事。」

嗯？這麼霸？「我可以進去看看嗎？」

「不可以。」刺毛毫不猶豫，「現在在蒐證妳去湊什麼熱鬧？他們已經在針對陽台蒐證了，妳不要多事！」

小氣！葛宇彤咕噥著，她也只是問問而已。「那昨天的屍塊如何？」

「才九點鐘，葛宇彤小姐！」刺毛沒好氣的唸著，「要把屍體從水泥裡取出來多麻煩妳知道嗎？驗屍比對都要時間，我——」

「有再唱歌嗎？」葛宇彤關心的其實是這個，一雙眼亮得跟 LED 燈似的。

刺毛愣了住，搖搖頭，她這～麼～期待屍塊唱歌嗎？法醫們盡忠職守但還是會毛，更別說昨天還是半夜工作，留守的員警拚命拜關二爺，所有能找得到的護身符跟佛像都往法醫室裡塞。

「讓妳失望了，沒有！」他沒好氣的白她一眼，「就這麼期待？會嚇死人的！」

「線索線索，骨頭唱的全是線索！」她吁了口氣，「好吧，你慢慢忙，我要去找另一段線索了，掰！」

旋過腳跟，她俐落揮揮手，才兩秒刺毛已經揭開封鎖線蹲身而出，一把拉住她揮舞的手。

「去哪？」他睨著她，這女人有線索沒講？

「幹嘛？想知道啊？」她笑得一臉機車，「我確定了再告訴你啦！」

「喂……只有妳聽得到死者在唱什麼，等於掌握了大半線索，好歹要跟我說吧？」刺毛不客氣的緊握住她的手腕，不打算讓她開溜，「妳又不跑時事新聞，搶先機做什麼？」

「喂，我是要預防再有人傷亡，還有幫庭庭找回媽媽。」她甩著手，「放開啦，我歌詞整理好會跟你說的！」

「妳昨天聽過了。」他不信她的搪塞之詞，「有沒有下個地點？下個人？」

「沒有。」葛宇彤拉下臉色，「她從頭到尾就在敘述自己怎麼被殺的……我沒錄音記不全啊！你握到我手斷也沒用，有幾句就是想不完整！」

「葛宇彤！」刺毛低吼的逼近了她，「這種事這麼重要妳怎麼可以想不起來！」

「刺毛先生，你有本事不會自己聽啊！」她哼的一聲昂高下巴，沒看過人擺譜嗎？「放、手！」

偏偏刺毛一點都不想受威脅，他認定葛宇彤有事沒說，手箝得更緊，葛宇彤都皺眉發疼了，這傢伙還不鬆手？

「至少說妳要去哪裡？」他毫不妥協，「我可不能忍受謝依依再殺掉一個人。」

「三個。」葛宇彤還故意比了三，「你很不懂得憐香惜玉耶，我手、快、斷、了！」

「對妳用不到那四個字。」刺毛冷笑一抹，「隨身攜帶開山刀的女人要什麼憐香惜玉……」

葛宇彤緊張的臉色丕變，趕緊左顧右盼，幸好沒人在旁邊，「你說話不能小聲一點嗎？而且我哪是帶開山刀？那是西瓜刀！西瓜刀！」

邊說，她下意識按了按側背包。

「有差嗎？還敢說這麼大聲！」對刺毛而言，那都是兇器！而且一般人不會隨身攜帶「妳昨天晚上幹嘛不拿出來？我現在才想到，多挨痛的。」

「謝依依又不是厲鬼，我不想拿那個劈她……哎呀，我手要斷了啦！放放放！」她叨唸著，「放了我告訴你我去哪。」

刺毛一秒放手，葛宇彤張大了嘴倒抽氣，甩著都快泛紫的手，要不是看他昨天英雄救美幹得還不錯，她幹嘛忍這個氣啊？

「說。」他立刻改口，「請問妳要去？」

呿，還懂得禮貌嘛！「我去找動機，我查到謝依依那筆土地的消息了。」

「妳認為她的死跟土地有關？」刺毛狐疑極了。「我們現在朝向意外或是性侵進行，我等一下就要回警局詢問相關證人。」

「我不知道。」她雙手一攤，「我只是對為什麼她會有土地感到好奇。」

刺毛點了點頭，他知道葛宇彤的意思，極度重男輕女的家庭，怎麼可能會給謝依依土地？而且謝棋仁跟謝依依吵架的原因也是兜不攏，這些都是他要盤問的。

「好吧，再聯絡。」刺毛舉手道別，隔壁門突然開了。

謝棋仁帶著庭庭走出，很慌張的催促著她往自家車子奔去，林蔚珊隨後跟出，看見葛宇彤欣慰的綻開笑顏。

「葛宇彤，妳還沒走啊，那可不可以載我一程？」她愉快的走來。

「咦？庭庭呢？妳不是應該要陪她？」葛宇彤錯愕的望著已經上車的庭庭，謝棋仁正對她們頷首。

「謝棋仁想帶庭庭出去走走，而且這邊警察這麼多，還有記者，他要避避。」林蔚珊搖了搖頭，「妳不知道電話響不停，家裡跟手機都拚命響，超可怕的！」

葛宇彤先是看了謝棋仁，再往外圍看向拚命高喊的記者們，攝影機拚命照著，他們也真是辛苦，幾乎寸步不離守在這裡。

「可以讓他走嗎？」她回首，問著刺毛。

「他不是嫌疑犯，當然可以……不過必須知道行蹤！」刺毛勾勾手吆喝警察過去，得先為他們開條路，「妳去忙妳的，這邊我處理吧！」

葛宇彤點點頭，要林蔚珊上車，回頭注意刺毛的動向，他正走到謝棋仁車邊說話，應該是要他交代去的地方，以及幾點回來等等細項……不知道為什麼，她覺得心頭梗著，卻說不上來這種不舒服。

是那個招手的男人？她進不去江家什麼都沒辦法探究，他想說些什麼？還是想告訴他什麼嗎？對於進不去她有點焦慮，不過必須尊重警方的工作，只要有機會應該還是可以再回來才對。

頻頻回首，連她自己都不知道期待看見什麼。

「啊義工小姐啊！」王婆婆偕同鄰居們看見她們拚命招手，「怎麼回事？妳知道嗎？」

「不太清楚耶！」林蔚珊尷尬的回著，她的手都被阿姨們拉住了。

葛宇彤笑著才想往前，卻突然一怔，倏地再度轉回頭去——雖然有段距離，但是那匆匆一瞥，她看見了另一張臉！

在謝棋仁車上的後座！

她焦急的迤迤往前，刺毛才踅回來，「妳幹嘛？」

她伸長頸子看去，車子裡只有謝棋仁跟庭庭，後座……後座沒有人……但是剛剛真的有張蒼白的臉在後頭，就在兩個前座中間的正後方。

「不要讓他們離開。」她緊張的握住刺毛的手，「不平安，有東西跟著他們。」

「咦？」刺毛也回頭瞥了車子一眼，「我只能盡量，我沒辦法限制他的行動！」

「可是……」她深吸了一口氣，現在看不見，不代表不存在啊。

「妳快去辦正事，我盡量。」刺毛拍拍她的肩。

葛宇彤點點頭，旋身走回來的過程中，還是憂心的不時回首看向謝棋仁，前座的庭庭興奮的對她招手打招呼，她連笑都勉強。

「葛宇彤……」林蔚珊求救的聲音傳來，她趕緊往前望去。

「哎唷～阿姨，我們真的不知道，我們是來看庭庭的。」葛宇彤趕緊上前解圍，王阿婆改拉住她，「新聞說依依的手跟腳都被水泥封起來喔？真的假的？夭壽喔！」

「欸……好像吧？」葛宇彤乾笑著，「我們其他不知道啦，只是江阿福會這樣我超驚訝的，我還想到昨天來你們這裡時，看見他桶子裡還有抹刀，心裡就一寒……」

啊？林蔚珊下巴差點沒掉下來，她心裡一寒？葛宇彤怎麼會寒啦，每次心裡會寒的都是她啊！

「我們也不知道啊，阿福平常不說話，但看不出來會殺人啊！」阿婆憂心忡忡，「阿福怎麼死的？阿捷也都不知道……警察都沒說！」

「嘿呀！唉，希望他好走。」葛宇彤雙手合十，朝江家拜了拜。「黃怡捷一定很難過喔……不過如果老公做這種事，她都不知道喔？」

「哎呀，妳不知道喔，江阿福就粗聲粗氣啊，怡捷很怕他咧，什麼都以阿福為主，妳昨天沒看到喔？」張阿姨說得煞有其事，「她跟我們聊天都不敢聊太晚，準時回去煮飯，因為江阿福每天都準時回家吃，差一分一秒都不行的！」

「噢……」葛宇彤歪著頭，「那為什麼黃怡捷不是叫江太太啊？」

「嗄？就黃怡捷她覺得叫太太很老，而且她討厭被冠夫姓！」林媽媽也非常瞭解，「她也才幾歲，就要被叫太太不習慣的啦！」

「是厚……」葛宇彤陪著笑，「啊不好，我們該走了！下次再聊喔～掰掰。」

她邊說，一邊推著林蔚珊往車上去，要不然繼續聊會沒完沒了，太陽下山都聊不完喔！上車之後，有警察幫忙開道讓她跟謝棋仁的車一起出去，記者自然上演追逐戰，所以葛宇彤的車子先行，以免被堵在後頭；謝棋仁那邊，就交給刺毛他們處理。

「為什麼突然說要出門？」一轉出巷口，葛宇彤就問向林蔚珊，「既然要出門為什麼昨天不跟妳說呢？還讓妳一大早過來？」

「哇，妳不要生氣嘛！」葛宇彤口氣好嚴厲喔，林蔚珊趕緊拍拍她，「臨時決定的，隔壁在拆東西很吵，庭庭又一直想看，加上電話響個不停，所以謝先生決定帶庭庭去走走。」

「他這樣怎麼走？等一下就被記者跟車了。」

「好像要帶庭庭去唱歌，有包廂吧？」林蔚珊輕鬆的笑著，「妳不要太擔心，我跟他相處幾天，謝棋仁真的對庭庭非常好，沒有虐待的跡象。」

「唉。」葛宇彤笑望著林蔚珊，「我哪是在擔心這個？」

「嗯？」她圓著雙眼，不然？

「這邊不管了，我要去個地方，妳要陪我走還是先回機構？」事實上是繞回機構很不順，從這邊可以直接上高速公路，她心急，很想先解決這件事。

「去哪？我沒事，可以陪妳去——」林蔚珊話到一半後悔了，「不是要去看鬼還是挖墳？」

葛宇彤給出一記白眼，「我無聊嗎？要做這兩件事我當然選晚上去！」

媽呀！她還真的會做這種事嗎？林蔚珊緊抿著唇，一副小生怕怕的模樣。

「我們去桃園，我想去看一塊地。」她若有所指的挑了眉，「謝依依的地。」

「咦？」林蔚珊直起身子，「她……她真的有塊地？！」

真的，而且地有三甲，一點都不小。

她委託在律師界的妹妹以及記者們找尋資料，發現謝家把所有動產、不動產都交由謝棋仁繼承，唯獨有一塊地給了謝依依，三甲地啊，佔地廣闊不說，時價更是驚人，她完全相信庭庭說的，媽媽曾說她們會過好日子。

一坪只用三十萬計算，少說價值九億元啊！

她完全不敢相信重男輕女的長輩會留給女兒價值這麼高的遺產，但是那塊地確定是謝依依的名字無誤，彷彿像是一種潛意識的補償，至少有留給謝依依一點東西。

只是，當初給謝依依時，只是不值錢的農地，一坪不過幾千元，這幾年卻起了變化，先是被規劃成重劃區，不值錢的農地變成建地，價格立刻不同，不過這也只是讓地一坪變成十來萬而已，偏偏這一年來莫名其妙的高漲，一下子漲到了四十萬。

幾千到四十萬，謝家留給謝依依不值錢、象徵性的遺產，一眨眼比留給謝棋仁的總遺產還要多。

這種變化太快也太詭異，尤其是從十幾萬到四十萬之間的漲幅完全不正常，經過探究似乎有人居中炒高地價，葛宇彤想去確認這件事。

一路驅車抵達桃園，妹妹給了她一個建商的地址，畢竟直接找關鍵人比較快；路上都開著廣播，每一台都在報導醃頭分屍案，警方已經透露尋獲了部分屍塊，嫌疑犯是住在謝依依隔壁的江阿福，目前意外身故……刺毛他們果然隱藏了許多線索。

抵達事務所後，葛宇彤開門見山，直接問了重劃區的地價。

「呃，葛小姐嗎？」人員恭敬的接過名片，卻在下一秒僵住：「記、記者？」

記者？林蔚珊愣了一下，葛宇彤的正職是記者？

「嗯，您好，我想請教一下這片重劃區的地價。」葛宇彤超自然的拿出手機，「不介意我錄音吧？」

「咦？我……」建商處的人員緊張的回頭看向後方，「主管！」

「用不著這麼緊張，我只是想知道這片重劃區的漲幅。」葛宇彤的口吻丕變，既專業又俐落，一旁的林蔚珊訝異極了，「據我調查，這裡原本是農地，這幾年因為都更變成重劃區，而且很快地進行，致使土地轉為建地，價值倍增。」

後面走出一個男人，看起來也是戰戰兢兢，「是，這一切都合法……」

「哈。哈，我又不是警察，今天不管你們合不合法，我只是想問……公告地價明明是十一萬——」她凝住主管的眼神，「為什麼一眨眼變成四十萬？誰在炒價格？誰在收購？」

「我。」

左邊的另一個房間裡傳來了低沉的聲音，跟著步出西裝筆挺的中年男人，葛宇彤詫異的瞪大雙眼，身後的林蔚珊也吃驚的往前。

「顏先生！」林蔚珊碎步迎上前，「您怎麼在這裡！」

「因為我是這家建設公司的老闆。」顏意紹咯咯笑了起來，「唉呀，林小姐，一陣子不見了。」

顏意紹，是知名財團的董事長，白手起家，事業橫跨飯店建築娛樂，這幾年經營的事業均蓬勃發展，在低迷的景氣中業績依舊長紅，也因此令人佩服其經營手腕。

在賺錢的同時，顏家對公益也不遺餘力，做善事總不落人後，也因此跟兒福機構常有聯繫，日前更捐助了一百萬元。

顏意紹有一雙兒女，小女兒跟兒福之前接觸的個案剛好是同學，由於家裡愛好公益，所以小女兒也很照顧那位受到不平待遇的女孩，那女孩境遇宛如灰姑娘，之前林蔚珊笑著說顏家小女兒說不定就是她的神仙教母。

但是那灰姑娘的神仙教母卻是自己逝去的生母，成了偏執的厲鬼，作祟帶走不少條人命，林蔚珊也曾參與其中，她簡直嚇得魂飛魄散；遺憾的是事情落幕後，顏家的小女兒卻失蹤了，遍尋不著。

因此，顏家決意收養跟女兒要好的那位灰姑娘，那時這份大愛讓葛宇彤印象相當深刻，因為失蹤的小女兒當年也是被收養的！而且顏家全家都能接納新妹妹，就算是代替品，可還是給了灰姑娘不一樣的路。

但是那灰姑娘命運多舛，就在進入領養過程時，竟然無故失蹤，至今還未尋獲；這件事傷透了顏家上下的心，像是一口氣失去兩個女兒，葛宇彤還記得記者訪問時，那個才高中生的顏家男孩雙眼含淚說著他想念他的妹妹，令人動容。

而且，顏家雖未領養成功，依然捐助一百萬元給兒福其他的孩子，這些過程讓葛宇彤不可能不認識他們。

「顏先生……你已經看上這塊重劃區了？」葛宇彤有點震驚，她沒料到在這裡會遇到熟人。

「葛小姐……沒想到妳是記者啊！」顏意紹打量著她，看上去極為文雅的他，卻有著深沉的眸子，「不過這不怕妳知道，我打算收購這整片重劃區，來規劃新市鎮。」

「整片……」葛宇彤哇了一聲，「如果真的想要整片，怎麼能容許有人在炒高地價？您知道現在這邊被炒到什麼地步了嗎？」

「呵呵……」顏意紹笑了起來，「這是我炒的價格，怎麼會不知道？」

「什麼？」連林蔚珊都愣住了，「您、您想收購這整塊地，卻還把地價炒高？這不合理啊，這樣您就得付出更高的錢去跟地主買地……」

這太離譜了，明明十萬、甚至十八萬就能買到的地，何必搞到四十萬再來買呢？

「以商業利益來說，的確不合理，但羊毛出在羊身上，我的新市鎮售價也不會太低。」

顏意紹劃滿笑容，「最重要的是能幫助到更多人！」

咦？葛宇彤圓睜雙眼，「幫助……人？」

「是啊，用這種方式他們就不會感覺被捐助、被施捨，但是他們依然可以得到可觀的利益，加上價格超出正常行情，市面上也只有我出得起，我也就能順利拿到整個重劃區……這無害啊！」只見顏意紹說得分明，林蔚珊簡直不敢相信的掩嘴。

「天哪，顏先生，你是故意抬高地價好讓這些地主受惠的？」她驚呼出聲，「讓所有人都能因為賣地而獲得大量利益？」

顏意紹微笑頷首，瞇起的眼透著慈藹。

葛宇彤蹙起眉心，不可思議的看著顏意紹，世上竟然真有這種人，錢太多是一回事，重點是他真的願意進行這樣的公益行為……這種價差多驚人他知道嗎？光拿謝依依做例子，收購她的土地就要多花上多少錢啊？

「妳們怎麼會關心起這塊地來了？」換顏意紹發問了。「兒福想要在這邊建設施嗎？沒問題，我可以捐一塊地出來……」

「不不不，不是這樣的！」葛宇彤勉強笑著，「我是為謝依依的事來的。」

顏意紹當下斂了神色，「妳是說，那個可憐的媽媽？」

他身後不遠處的電視裡，正播放著謝依依的新聞，大批記者包圍著警方發言人，焦急的問著案情最新進展。

「她跟這邊有什麼關係？啊……她有地嗎？」顏意紹立刻看向業務員。

「是，謝依依有一塊三甲的地。」業務員立刻回答，他們之前或許印象不深，但是醃頭案一出來就全記清楚了。「她還親自來問過。」

「她來過？」葛宇彤激動的問，「自己一個人？」

「呃，不，是跟她哥哥來的。」業務員倒是記得很清楚，「一算出預定售價時，那個謝小姐便在我們這裡尖叫，超瘋狂的又叫又跳，四處擁抱我們每個人！」

「那……哥哥呢？」葛宇彤在意的是這個。

「哥哥沒說什麼，但是像是愣住了，一直瞪著我們的試算表，直到謝依依搖著哥哥起來一起跳。」負責的業務員苦笑一抹，「沒想到會發生那樣的事……」

沒想到，是啊，她也沒想到為什麼謝棋仁要隱瞞為地吵架的事？為什麼要刻意說成起因於叫她不要工作？是因為這塊地價值不菲所以刻意隱瞞嗎？可是謝依依都已經到處對街坊說了。

「葛小姐，有什麼不妥的嗎？」顏意紹走到她身邊，「如果有什麼事需要我幫忙，我一定全力幫助！」

「啊，謝謝……」葛宇彤回神，向顏意紹頷首，「我只是訝異她為什麼會有這麼高價的土地而已，沒想到是您……」

「我只是想盡一點心意，可以謀利，也不會讓他們介意。」顏意紹認為這是三全其美的方法。

但是，這也成了動機。

「不過說到謝依依的哥哥……」業務員突然插了話，「這兩天他有來過！」

「咦？」葛宇彤猛然抬首。「來做什麼？」

「他來問過戶的事，還有謝依依小姐身故後，土地將由誰繼承的問題。」

林蔚珊悄悄站到了葛宇彤的身邊，她也想到很不好的事情，輕輕拉了拉她的衣袖，「宇彤，他問得是不是有點急？」

「不過因為謝依依已確定身故了，家屬來洽詢也是正常啊！」業務員說得理所當然，「謝先生來時神情相當落寞，還哭了好幾次。」

「唱歌的骨頭……」葛宇彤喃喃自語闔上雙眼，那天謝依依究竟還唱了什麼！

業務員們面面相覷，聽不太懂唱歌骨頭的意思，倒是顏意紹笑了起來，「要跟孩子說故事嗎？唱歌的骨頭？」

「顏先生也知道這個故事喔？」林蔚珊趕緊答腔，因為葛宇彤根本陷在沉思裡不理人了。

「當然，這不就是敘述手足相殘的故事嗎？」顏意紹嘆了口氣，「重點是教孩子不能為惡，那對兄弟原本以為自己得逞了，終究還是因遺骨而被揭露！」

手足相殘手足相殘……葛宇彤驚愕的看著顏意紹，一般大家在形容這個故事時，會用「善惡終有報」或是「不該覬覦他人功勞」來形容，鮮少人會把重點放在「手足相殘」這四個字上！

但是，回歸童話的本質，其實它真的就是在講手足互殺的故事啊！

「林蔚珊！走了！」葛宇彤忽然緊握鑰匙，朝著所有人頷首，「謝謝各位，顏先生，下次有機會再見！」

餘音未落旋身就往外頭去，林蔚珊尷尬的站在原地，她是想到什麼了嗎？焦急的跟大家說再見，也跟顏意紹道歉，說葛宇彤最近為庭庭的事擔憂，請他不要計較。

顏意紹搖搖頭，表示如果庭庭需要幫忙，也請直接告訴他。

林蔚珊再三道謝，才急急忙忙的追出去，葛宇彤已經發動引擎，急如星火。

「妳在急什麼啊？」林蔚珊一上車就問著，「對顏先生這樣好沒禮貌！」

「嗄？我招呼都打了哪裡不禮貌？總不會要刻意奉承他吧？」葛宇彤用詭異的眼神看向林蔚珊，「他如果是真心做善事，不管什麼態度都會幫助孩子的！」

如果要義工為這種小事擔心，那就像是求著人家捐款了。

「話不能這麼說，萬一惹怒了他，他不再捐給我們兒福怎麼辦？」林蔚珊噘起嘴，「妳要知道每個單位都有每個單位的困難。」

「嗯哼。」葛宇彤隨意應著，表示她不認同。

林蔚珊緊抿著嘴不想說話，她其實正在惱火，關於葛宇彤竟然是記者卻瞞著大家這件事……她到兒福當義工是真心的嗎？還是為了探究什麼消息？上次的灰姑娘事件中她的確使用雙重身分做事了對吧？總讓她覺得其心可議。

葛宇彤沒時間理睬林蔚珊，因為她想起來了，謝依依那天在鋸開江阿福時所唱的歌——

『最愛的人殺掉我，哥哥明明說會保護我，大家都想殺掉我，我在桶子裡、我在牆壁裡，我也在鍋子裡！』

唱歌的骨頭，說的就是手足相殘的故事啊！

第十章

江家的大門敞開，門外圍了一大群街坊，警察已經撤走，黃怡捷坐在門口一把鼻涕一把眼淚，阿婆阿姨們趕緊遞上點心又遞衛生紙的。

「為什麼會發生這樣的事！」黃怡捷哽咽的嚷著，「我對他又沒有不好，他真的喜歡那個謝依依？」

「哎唷，怡捷妳不要黑白想啦，事情還沒確定啊！」王阿婆好聲勸慰著。

「搞不好只是意外，江阿福怕被抓，就……唉！」張阿姨也安慰著她。

黃怡捷拚命的哭著，眼睛都腫起來了，衛生紙擤過一張又一張，「我居然都不知道他幹這種事，他是趁什麼時候幹的？明明我在家的時間比較多……他在廚房分屍……」

一聽到分屍，街坊們都忍不住打了個寒顫，真是可怕，那個平常不怎麼與人打交道的江阿福，就這樣把一個好好的人剁成那麼多塊？

兩台急煞的車聲傳來，所有人都不約而同回頭往巷口看，率先下車的是葛宇彤，然後是另一台車的……噢噢，是那個性格帥警官！

「妳等一下！」刺毛及時抓住她。

「唉……不要再等了，等越久事情越大！」葛宇彤回身吼著，「我現在就要進江家一趟！警方不是已經蒐證完畢了嗎？只要黃怡捷讓我進去就好了！」

「那也要她願意！」刺毛就是擔心這個，這女人傳 LINE 給他就說要去江家找東西，她根本不知道在警局時，黃怡捷多不配合！「妳不要搞到擅闖民宅！」

林蔚珊這才下車，這兩個人每次感覺都好火爆喔！

葛宇彤舒口氣，還是趕緊往江家去，結果黃怡捷一看到他們，立刻站起來，直接甩頭往屋裡去！

「黃怡捷……黃小姐！」葛宇彤小跑步奔前，「請妳等等！」

街坊們如紅海般分開，像看熱鬧般的望著他們。

「我跟你們沒什麼好談的！尤其是你——」黃怡捷指向了刺毛，咆哮著，「我老公怎麼死的！你們要給我一個交代！」

交代？葛宇彤瞥了刺毛一眼，他們沒說嗎？刺毛暗暗用眼神示意不能說，難怪人家老婆會抓狂。

「他死得這麼慘，兇手是誰，你們為什麼不去抓！」黃怡捷哭喊著，「就算他做了傷天害理的事，也不能這樣對他啊……」

「怡捷……我可以進去看看嗎？」葛宇彤心裡只繫著這件事。

「不可以！」黃怡捷暴吼一聲，「妳進來幹嘛！警察才剛把我家翻了一遍，現在是怎樣連妳這個義工都要進來搜什麼！」

「不是……」葛宇彤靈機一動，「妳不是想知道江阿福出了什麼事嗎？我知道！我告訴妳！」

黃怡捷一怔，淚眼汪汪的看著她，「妳說……妳知道？」

「喂——葛——」刺毛知道她想幹嘛了，連忙阻止，

「對，我在現場。」葛宇彤根本沒在管，直接表明了連警方都暫時掩埋的秘密，「我知道江阿福發生了什麼事。」

黃怡捷顫抖著唇瓣，緊張的扣住門緣，有些腿軟的往下滑去！葛宇彤見狀一步踏進門檻，趕緊攙住她！

但同時，她也打了個寒顫，一股反胃感不由得湧上。

「沒事吧？」她關心的問著黃怡捷。

黃怡捷搖搖頭，藉著葛宇彤直起身子，「妳進來就好，我不想、不想看到他！」

嘖！刺毛一臉無奈，他也是職責所在，問話時比較刻意些，但也是想知道事情原委，以及——丈夫在家殺人分屍，這位家庭主婦渾然不知？怎能不讓人起疑呢？

而且鑑識小組的確找到血跡，但是不像大量失血，感覺江家似乎不是第一現場，再者現場已經被處理過了，許多跡證有被漂白水清洗過的痕跡。

「好好！就我……」葛宇彤邊說，「那我關門。」

「我來！」黃怡捷吸著鼻子，忿怒的瞪著刺毛，跟街坊們說抱歉，就要把門關上。

站在黃怡捷身後的葛宇彤飛快的用嘴型說著，他、在、這、裡。

門砰的關上，葛宇彤感受到的不是冷，而是一種低迷的氣壓，一種連空氣都凝結的詭異氣氛。

「我老公到底怎麼了？」黃怡捷回過身子，抹著眼淚，「妳進來說吧……那個警察都不說，我老公好好一個人怎麼會變成、變成那個樣子！」

葛宇彤站在玄關，黃怡捷家客廳燈光昏暗，甚至有著淡淡的紅影，在這種沉悶的空間下還能生活，她某方面也佩服黃怡捷的神經。

客廳設置了簡單的靈堂，江阿福的照片就擺在那兒，他正在皺眉，根本就是在瞪著她！

媽呀！這樣還要進去嗎？葛宇彤百轉千迴，她只是想知道那個男人想跟她說些什麼，沒有算到江阿福在這裡啊！

突然間，左邊那小小的廊裡，伸出了一隻手，穿著藍襯衫的手正朝著她招著……來！來！快來這裡啊！

「他是被謝依依的鬼魂殺死的。」葛宇彤毫不修飾的直言，「被厲鬼扔上台子，活生生被輪鋸鋸斷四肢的。」

她一邊說，一邊踏進了客廳，而且沒有止步的直接朝江阿福的靈堂走去。

「咦？」黃怡捷瞪大眼不可思議的看著葛宇彤，「妳、妳要去哪裡？」

「不必瞪我！我是想救你，但是來不及。」她直接站在靈堂前，對著江阿福的遺照說著，「不管你有沒有殺她，你還是剁了她？也埋了她。」

「葛宇彤？」黃怡捷顫抖著問著，「妳、妳在幹嘛？」

葛宇彤向左邊看去，天色已暗，那隻手卻白得清楚可見，像招魂般的拚命招著，然後模模糊糊的影子旋身，穿過了底間。

「抱歉。」她對黃怡捷說，接著立刻邁開步伐朝陽台走去。

「咦？妳做什麼！葛宇彤！」黃怡捷急急忙忙的追上，由於警方已經撬開了通往陽台的門，因此葛宇彤順利的拿開暫時抵擋的木板，進入堆滿雜物的陽台。

這裡看得出被搜過，但刺毛說沒找到什麼，黃怡捷說阿福純粹是不想跟隔壁互望才加門，但為什麼釘死她卻不知道。

左顧右盼，日落後的天空化成一種死寂的灰色，葛宇彤覺得呼吸極為困難，只想趕快找到她想找的東西……但是要找什麼，她根本不知道。

出來啊！你把我叫來，人呢？

「葛宇彤！妳做什麼！妳怎麼可以擅自跑到我家陽台！」黃怡捷氣急敗壞的嚷著，「出來！」

是啊，出來！葛宇彤完全漠視黃怡捷，晃動的手終於進入眼尾餘光，她倏而往右看去，一抹藍色影子咻的往下隱匿！

二話不說，她開始搬動眼前礙事的雜物、箱子跟木條。

「葛宇彤！」黃怡捷走了進來，拽住她的手，「妳不要太過分，先跟我胡扯，又亂動我家東西，我、我要報警喔！」

「報吧。」葛宇彤雙眼一亮，「快點報警，我需要幫忙！」

黃怡捷一陣錯愕，「幫……幫忙？」

「怡捷，我沒騙妳，江阿福真的是被謝依依殺死的，她的亡靈殺了他；而且事情還沒完，她是被三個人殺掉的！」葛宇彤義正詞嚴的對著她說，「妳如果想幫忙，想知道妳老公究竟還幹了什麼見不得人、又瞞著妳的事，就快點報警，幫我叫外面那個刑警進來，然後——不要阻止我。」

「……依依她……」豆大的淚水翻滾出她的眼眶，「妳騙人！」

「妳家還有一個男性亡靈，在那邊。」葛宇彤指向陽台角落，「他對我招手，要我去看看那邊發生什麼事。」

黃怡捷慘白著臉，垂下雙肩不發一語，但已經鬆開了手，葛宇彤一邊搬動東西一邊拿起手機打電話，剛剛關門前她叫刺毛找後援，他應該有看清楚吧？

「喂，是我，快點進來！」她說著，「怡捷，去開門吧！」

黃怡捷愣愣的抬頭，開始恐懼的搖首，「我不要！我不要知道這種事！」她驀地大吼，旋身衝了出去。

唉，雖然她打擊很大，但是還有更重要的事啊！葛宇彤步步往前，好不容易快到角落了，那兒卻有個很大的機器卡住，無論她怎麼使勁就是抬不起來！

身後一雙大手伸來，「我來。」

「欸……」她嚇了一跳，是刺毛，「一起啦，一、二——三！」

他們合力把那台器械給舉起，同步後退數步，再把那東西往上舉，放上了鐵窗與水泥牆的邊緣；因器械離開，一旁堆著的木板紛紛掉落，葛宇彤急著要搬離，卻被刺毛一把拉向後去，他自個兒動手搬。

「我沒那麼脆弱！」她咕噥著，幾片木板搬不動？

「我不會認為一個帶著開山刀的女人脆弱。」刺毛將東西往鐵窗的範圍扔，「只是我動作比較快。」

「西、瓜、刀。」她沒好氣的糾正，差很多好嗎？

啪啪啪的腳步聲傳來，門邊傳來林蔚珊的身影，「怎麼了嗎？警察來了！」

「妳不要進來！」葛宇彤回頭大喝著，「不要讓任何人踏到這陽台來！」

「咦？不是需要幫忙嗎？」林蔚珊眉頭糾結著。

「等一下就需要了！」蹲在地上的刺毛開口，「林小姐，幫我傳話，叫鑑識小組再來一趟！」

「噢……」林蔚珊回首，那個學弟已經聽見了。

葛宇彤好奇的往刺毛肩頭望去，「怎麼了？你發現什……」

越過他的肩頭，她看到了一個把手鑲在地板上，完全被剛剛的機器遮擋住，之前搜查時在這裡沒有發現任何血跡，只有一堆雜物、木頭木板而已，沒有人想到那沉重的器材下會有暗門。

地下室。

刺毛伸出手，握住那鐵環，調整情緒，做了幾個深呼吸——一隻手忽然握住他的手，葛宇彤靠在他肩頭。

「我走前面。」她平靜的說著，異常嚴肅。

「我下去就可以了。」刺毛斷然拒絕，這種未可知的地方，哪有讓女人下去的道理。

「不要爭，我知道你一定也想下去，但是一定要我走前面！」葛宇彤攀住他的肩，「你要相信我，我走前面比較妥當。」

「葛宇彤。」刺毛皺眉，這跟相信不相信有什麼關係。

「我認真的。」她不顧一切把腳越過刺毛身體往前，硬擠出一個位置，「退後退後……」

「喂！」刺毛吼了起來，這女人怎麼很容易讓人惱怒！「手電筒拿著啦！」

葛宇彤做了兩個深呼吸後，屏住氣息，使勁的拉開那道暗門——在拉開的瞬間，她卻選擇猛然向後，跌進刺毛的身子。

一股氣息自洞口竄出，葛宇彤是為了以防有什麼東西殺出來，不過就空氣中瀰漫的霉味而言，沒有什麼魍魎鬼魅；她拿著手電筒往裡照去，真的是一方地下室。

刺毛將她扶正，抬頭看著沿牆角釘上的電線，循著電線往下走……走……，他回首，「林小姐，妳右上角有個電燈開關嗎？」

「電燈……」林蔚珊仰起頭，「欸，有耶，好舊好小的開關喔！」

誰把開關設在這兒啊？她伸長手踮起腳尖按下，可是陽台的燈並沒有亮……不過，葛宇彤關上手電筒，地下室亮了。

「有你的！」葛宇彤回頭讚許著，「我下去了。」

「喂，你——」刺毛來不及拉住她，她竟然就這麼跳了進去！

他望著自己空空如也的大手，真搞不懂那個女人到底哪來這麼大的勇氣？她是沒看見旁邊有梯子嗎……

刺毛一把抓過貼牆的梯子往下擺，架好後從容的爬下去，只是才爬到一半，就聞到令人作嘔的氣味。

「厚，有梯子不說！」葛宇彤抱怨著，不過她是判斷過不高才敢跳的。

「有屍體？」他緊皺著眉，不管幾次都討厭這種味道。

「目前沒看見，不過……」葛宇彤指指角落，「有血跡，味道應該是因為血。」

地下室裡有一盞燈，足夠照亮狹小的空間，這地下室橫豎不過六坪大小，但有桌子也有床，鐵支架都已鏽蝕，最糟糕的是染滿血的彈簧床墊，只是血已乾涸，氧化已久。

一方天地，舉目所及都是牆，根本沒有什麼多餘的東西，幾秒便能看透。

「妳怎麼知道這裡有地下室的？」刺毛靠近床架，這上頭的血跡驚人。

「上次那個男人告訴我的。」她站到桌子邊，灰塵也夠厚了，「他為什麼要告訴我這個呢？難道謝依依是在這裡被殺的？」

「這裡感覺荒廢很久了。」刺毛狐疑的看著床頭，那邊有什麼東西嗎？他從口袋欲拿出手套，不想汙染現場。

咿——說時遲那時快，整個床架竟然筆直往後退去，活像有個人瞬間將床架往後拉似的！

「哇！」還半彎腰的刺毛僵在原地，站在另一邊的葛宇彤瞪圓雙眼失聲尖叫，「搞什麼啊！」

床架整個移開，露出地面上的物品。

「冷靜……冷靜……」刺毛首先安撫葛宇彤的情緒，「他可能嫌我要戴手套、要搬床麻煩。」

「嚇死我了！」葛宇彤咬著牙低咒出聲，看著刺毛蹲下身子。「最好有什麼……」

她邊說，一邊回頭瞪著那床架，現在刺毛已經在檢視地板上的東西了，要是床架敢猛力再撞回來，她保證跟那個亡靈沒完沒了！不過也正是因為怒瞪著床架，她看見了上頭拴著的東西。

「欸，手銬。」葛宇彤仔細端詳著垂掛在床架上的生鏽手銬，「上面都是血……還有皮。」

「妳看這個。」刺毛隔著手套，鑷起了一張夾在床跟書桌邊緣的照片。

葛宇彤直覺的先拿出手機翻拍，照片不僅泛黃缺角，上面甚至有血漬，可是依然可以看得出來拍照那天陽光燦爛，裡頭的人甚至瞇起眼

上面有謝依依、江阿福，還有那個陌生男人。

「就是他，他是徘徊在這裡的亡者。」葛宇彤指向照片中陌生的男人。

「這是多久前的照片了？江阿福看起來瘦很多也年輕許多……」刺毛仔細觀察著，「妳看，謝依依是不是懷孕？」

「欸……」葛宇彤趕緊仔細看著，「對耶！她的肚子……那是庭庭？」

「就算五個月吧，這是八年前的照片？」刺毛腦子飛快轉著，「他們八年前就認識了，感情還這麼好會一起出遊……」

鎗啷……鐵器互擊的聲音響起，刺毛與葛宇彤不約而同的緩緩轉身，那手銬彷彿被人扯到一般，晃盪著撞擊鐵架。

「這是不高興的意思嗎？」刺毛擰眉。

「不知道？」又不說話只會招手，她能找到這邊應該要被鼓勵了吧，「欸，這照片有一角被撕掉了，這邊還有……兩個人耶！」

她會斷定兩個人，是因為江阿福身邊有隻手，而前面有另一個人的肩膀。

「他想告訴我們什麼嗎？如果這幾個人殺了謝依依……」她抿了抿唇，「謝棋仁跟黃怡捷都……」

「在嫌疑範圍內。」刺毛沉著聲音回答，他們從未把這些人排除。

「好，那另外兩個呢？你只是為了告訴我一個大家都猜得到的人嗎？」葛宇彤瞇起眼不想放過照片中任何一個角色，「等等，這是哪裡？」

「不清楚……可是上面有線索可以查。」刺毛向上看去，「我立刻叫人查，這裡也要搜索一番，我們先上去吧。」

他可不想被關在這裡，這裡待久了真不舒服。

葛宇彤欣然同意，她主動往樓梯那兒走去，再瞥一眼床架時，看見的是有隻模模糊糊的手被手銬銬著，躺在床上掙扎扭動。

「他被關在這裡啊……」她喃喃說著。「為什麼江阿福要把他關在這裡呢？」

「是不是江阿福還不知道。」沒有證據，刺毛不會妄下論斷，「但是跟他脫不了關係。」

爬出洞口時，天色已然全黑，陽台的燈開啟，鑑識小組已在外待命；葛宇彤先到客廳等待，刺毛交代著下方的情形。

她望著靈堂上的照片，不明白什麼原因能讓他這樣連續殺人。

被關在地下室的人是誰？跟庭庭又有什麼關係？為什麼明明認識謝依依，喊的卻是庭庭的名字？他還想說些什麼嗎？

話也不說清楚點，婆婆媽媽！

「下面有什麼？」林蔚珊擔心害怕的問著。

「什麼都沒有，但曾關過人。」葛宇彤拍拍她，「就是怕有什麼才沒讓妳過去啊！」

林蔚珊點點頭，知道葛宇彤其實這方面很貼心，不過如果她都不要沾這些事，就更貼心了！

「我剛看隔壁燈還沒亮，庭庭他們還沒回來？」葛宇彤隨口問著，反正林蔚珊只關心孩子。

「對啊，本來說下午就會回來的，但我剛剛打庭庭的手機都沒接。」林蔚珊有些擔心，「謝先生的也是進入語音信箱……」

葛宇彤望著林蔚珊，心裡的警鐘敲得又響又急，「沒接？」

「嗯啊，可能等一下就回來了吧！」林蔚珊笑了笑，「也說不定在哪裡被記者包圍了。」

葛宇彤緩緩搖著頭……不對，情況不對！她後退著，倒抽一口氣旋身衝到後頭去找刺毛！

「刺毛！」她扯開嗓子吼著，「謝棋仁有跟你說他要去哪裡嗎？」

「什麼？」刺毛警覺的回應，葛宇彤的叫聲不對。

「失聯了，林蔚珊聯絡不上他！」她焦急的衝過來，「唱歌的骨頭是手足相殘的故事……我應該先跟你說這件事的！」

學弟立刻拿起手機撥打謝棋仁的電話，刺毛雙手壓住她的肩，「別急，稍安勿躁。」

三十秒後，每個撥電話的人都搖了搖頭。

「GPS定位，找出他現在在哪裡！」刺毛下令，這點他們之前早有準備。

只是餘音未落，一陣怪風從陽台那兒吹了進來，吹落了鑑識人員手裡的證物袋，那證物袋質量輕巧，被追得飛翔，卻逆著風吹到了葛宇彤腳邊。

風往屋裡穿，證物卻往門外來？

看著在兩人中間的照片，連刺毛都不假思索，立即彎腰拾起，是那張照片！

「在這裡。」葛宇彤哎唷一聲，「這裡是哪裡，要怎麼查？」

所有警員都湊了過來，雖個個冷汗直冒，但還是對這飛來的證物好奇；學弟咦了聲，主動抽過證物袋看著，雙眼一亮。

「我知道這是哪裡！這是謝家房產的其中一件！」學弟指著照片，「妳看這是間工寮。」

刺毛喜出望外，「你確定？」

「確定！您不是叫我們清查謝棋仁所有財產，我親自檢視過，這個以前是工寮，早就荒廢了，以前謝棋仁的祖父母種過水果！」學弟指證歷歷。「就在林口山上！」

刺毛激動的抽回照片，即刻往外奔去，「立即去查！把地址LINE給我！葛宇彤！」

葛宇彤立刻跟上前，所有人一陣錯愕……啊學長是要去哪裡？為什麼不是帶他們去，反而帶那個仙姑記者去咧？

連在客廳的林蔚珊都莫名其妙，她什麼都搞不清楚，但直覺揪緊皮包，也跟著上了車。

「林蔚珊？妳上來做什麼？」葛宇彤趁著扣安全帶時回首，她怎麼就坐上後座了。

「我擔心庭庭！」她嚷著，「我也要去！」

「別鬧了，我們去說不定不是對付人哪！」葛宇彤哀嚎著，但根本沒時間跟她瞎扯，刺毛已經發動引擎。「我沒辦法保護妳！」

「我不需要，我又不是沒遇過，以前我也撞過鬼啊！」林蔚珊強而有力的聲音響著，「而且我是學姐，我要照顧妳！」

聽起來聲如洪鐘，如果沒有發抖的話就更好了。

唉，葛宇彤無奈的轉回身子，靠上副駕駛座的椅子，眼尾悄悄往刺毛瞥了眼，他也正轉過頭來。

「不叫後援？」她挑了挑眉。

工地的狀況他還沒忘記，若是謝依依抓起狂來，只會有無辜的人送命，他不能貿然讓下屬送命。

「有開山刀的女人，就是最後的後援。」他笑了起來，似是稱讚。

「西瓜刀啦！」

第十一章

學弟傳了地址給刺毛，他原本希望先經過目的地察看，結果那工寮偏偏在果園中間，根本沒有一般道路可以經過；入口在上坡處，鐵柵關著，工寮有窗子對著上坡道的門口，只要有心，一下就能察覺有車進來了。

所以刺毛只好把車子停在路旁，避開工寮可以看見的所有視線。

「我先下去。」刺毛拉起手煞車，嚴肅的交代著，「確定沒事我再叫妳們下來。」

「沒道理讓你一個人去。」葛宇彤反對，她鬆開安全帶，「要走一起走。」

「不要拖累我。」刺毛說話倒也不客氣，「我只是先去看那邊有些什麼人跟基本狀況，很快就會再回來的。」

「喂，我不會拖累你啦！」葛宇彤仰頭對著後照鏡，「林蔚珊，妳留在——」

鏡子裡映著一個無頭的女人，渾身是血的坐在林蔚珊隔壁！

「下車！」葛宇彤二話不說，立刻旋身打開車門，「林蔚珊！走了！」

咦咦？她丈二金剛摸不著頭腦，不是才叫她待在車上的嗎？

刺毛狐疑萬分的也下了車，不解的越過車子看向一臉戒慎恐懼的葛宇彤，「我車上有什麼？」

「不關你的事，是『她』在這裡。」葛宇彤巧妙的回答，刺毛一臉不悅的瞪圓雙眼，還使勁搥了車子一下。

早知道開警車來！

「什……什麼在車裡？」林蔚珊抖著聲音說，「在哪裡？妳剛剛看後照鏡時看到的嗎？她她她……」

「噓！」葛宇彤趕緊上前安撫林蔚珊，「沒事沒事厚！」

哇啊！謝依依剛剛坐在她旁邊嗎？林蔚珊緊閉上雙眼，嚇死人了，她、她好像後悔，不想跟來了！

「學姐。」刺毛出了聲，「挺直腰桿，有點學姐的樣子好嗎？」

林蔚珊原本緊閉的雙眼緩緩張開，區區一句話彷彿為她注入了無限力量般，她深呼吸，緊繃的身子微微放鬆，用力點了點頭。

對，她是學姐，而且庭庭說不定在這裡，她必須保護那個孩子！

嘖嘖……葛宇彤在後面搖頭，這是稱讚的意思，她真的對著刺毛比了個讚！真不愧是長官級人物，抓林蔚珊的個性抓得真準。

「手機全部關無聲，連震動都不行，我可不希望還沒解決事情就被發現。」刺毛簡短下令，井然有序，「我走前面，林蔚珊在中間，葛宇彤妳殿後，腳步放輕，一切依我動作行事。」

「好。」林蔚珊將包包斜揹，葛宇彤則把護身符從頸子取下，左右手各在指間纏上一個，防患未然。

備用的水晶佛珠戴在右腕，暫時還不必用到它。

工寮燈亮著，表示有人在，這座果園廢棄至少二十五年以上，雖然還是謝棋仁的名字，但根本無人栽種也沒人使用，只是一片廢墟，工寮外觀看起來也相當陳舊，鐵皮屋看上去有些搖搖欲墜，感覺隨時會解體。

他們一行三人沿著小路小心翼翼的行走，左手邊是一片荒煙蔓草，工寮位在斜前方大概十一點鐘的方向，幸好這兒沒路燈，綠蔭扶疏，還能躲在樹下隱藏蹤跡。

不過葛宇彤感覺不甚佳，因為她看到幾個模模糊糊的影子在樹下飛掠，工寮邊也不乏一些偷窺的身影……唉！是因為在山中嗎？竟有這麼多孤魂野鬼！

終於來到與工寮平行處，刺毛觀察著早被雜草覆蓋的路，但是可以看得出稍早才有人踩行的痕跡，所以他要兩位女士蹲低身子在路邊等待，他先接近工寮觀察。

葛宇彤討厭等待，她蹲著身子引頸企盼，看著刺毛穩當的走近，除了工寮的燈光外，還有火光閃爍，又有人在燒東西，該不會又是心虛的冥紙吧！

『我在桶子裡、我在牆壁裡，我也在鍋子裡唷……』

咦？刺毛停下了腳步，倏地回首看向葛宇彤——聽見了嗎？

葛宇彤詫異的看向工寮，歌聲響起便表示謝依依來了——剎那間，工寮突然啪的閃出火花，所有燈同時暗去。

這還等什麼啊！葛宇彤立刻催促前面的林蔚珊起身往前，刺毛已經快步來到工寮邊，試圖透過掀起的鐵皮縫往裡看！

「怎麼樣？」葛宇彤趕到，氣音問著，跟著湊前偷窺，卻什麼也看不到，一片漆黑。

「我去看看後門有沒有路可以走。」刺毛指指另一頭，再指指原地，要她們不要輕舉妄動。

只是他前腳剛走，葛宇彤後腳就旋身往前門去，林蔚珊哎呀呀的想阻止她，卻被她一起拉到前門去……嗚，會聽話就不叫葛宇彤了是吧？

工寮是長方形的，她們現在在長邊左側，悄悄的探出頭察看，是右側那邊有片大空地，半身高的鐵筒正在燃燒，地上確有冥紙，但是沒有看到人影。

「我要進去看看。」葛宇彤邊說，人已經咻的閃身往門口走了。

嗚！林蔚珊好想罵人喔，為什麼說走就走都沒給她心理準備？但是她還是緊跟在葛宇彤身後，一塊兒潛進工寮；裡頭相當破舊，雜物堆放，甚至雜草叢生，看來廢棄已久，藉著火光可以看個大概，現在不是開手電筒的時候，太過打草驚蛇。

工寮隔間尚存，只是現在形同虛設，隔間的鐵片不是掀起就是剝落，連月光都可以透過天花板揭起的鐵皮灑落；林蔚珊亦步亦趨的跟著，剛剛的歌聲暫歇，反而叫葛宇彤失了方向。

兩個女人決定各朝左右兩方探去，林蔚珊在掠過一個房間時突然像是瞥向了什麼，又往後退了一大步——庭庭！

林蔚珊激動的用氣音很用力的對著葛宇彤大喊。「噗！庭庭庭庭庭！」

才喊完，她緊張的跳過地上的雜物，奔進房裡，庭庭躺在紙箱鋪成的地上，看起來正在熟睡，林蔚珊輕輕搖晃她的身體，意圖喚醒她。

「庭庭……庭庭？」林蔚珊的聲音很輕很輕。

庭庭無動於衷，睡得過分深沉，林蔚珊加重了搖晃的力道，她卻依然未醒……好奇怪，她覺得不對勁，小孩的確易沉睡，但也不可能這樣都搖不醒啊！

才在狐疑，突然驚覺牆上有影子映著，她的身後曾幾何時還有個人——咦？

林蔚珊嚇得回首，說時遲那時快，一個不明物體直接飛至，準確的砸上林蔚珊身後那拿著鐵條的男人！

「哇啊！」男人低吼一聲，直接跌倒在地！

「什麼……」林蔚珊下意識先護住庭庭，瞪大眼睛看著趴在地上的人，卻看不清楚。

燈光亮起，葛宇彤悻悻然的走進，手上還拋接著石頭，「想暗算人啊，謝先生？打算殺人滅口嗎？」

謝棋仁撐著身子，一手撫著頭起身，額頭被石子砸了個傷口，葛宇彤拋接著石頭明白告訴他是她幹的，居然想暗算林蔚珊？而且那麼粗的鐵條擺明想取人性命！

「妳們……怎麼找到這裡的！」謝棋仁低吼著，「為什麼要妨礙我！」

「妨礙你……什麼？」林蔚珊激動的喊著，「你對庭庭做了什麼？為什麼現在這樣子她都沒醒！」

嗯？葛宇彤看見了林蔚珊手中的女孩，庭庭真的完全熟睡，對這些吵鬧聲置若罔聞？一般人睡得再死也不會這麼嚴重吧？

「被下藥嗎？」刺毛緩步從外走進，嚇得葛宇彤差點沒跳起來。

她回眸白眼，他走路怎麼可以這麼輕啊，這種情況下很嚇人耶！

「只是安眠藥，死不了的！」謝棋仁站了起來，「連警察先生都來了嗎？不是正式的逮捕吧……對，你們不能抓我，你們沒有證據！」

「鬼不需要證據，你不知道江阿福怎麼死的對吧？」葛宇彤開門見山，直接把工地的事講了一遍，講得謝棋仁臉色陣青陣白。

「依依她……」謝棋仁顯得很驚訝，知道與不知道的心理差別就在這裡。「妳說她殺了江阿福？」

「對，謝依依現在是亡靈、俗稱鬼，她懷怨在心，怨有人殺了她還分屍，所以她已經變成厲鬼了！」葛宇彤採取咄咄逼人姿態，「大家都說你最疼妹妹，但是你疼到哪邊去了？剁下她的頭還醃製起來，真是專業啊！廚師！」

「閉嘴——」謝棋仁放聲大吼。

『閉嘴——嘻嘻……』訕笑聲跟著在工寮裡迴盪，刺毛警覺性回身背靠向葛宇彤，這是哪裡來的聲音。

『為什麼要閉嘴……殺了人啊你！』

『好冷啊，這是哪裡……我想出去啊……』

『都去死去死去死！』

林蔚珊僵著身子，不安的聽著這一聲接一聲的咆哮嚎叫，聲音有男有女有老有少，她錯愕的望著葛宇彤，這不是謝依依啊？

「什麼……東西……」連謝棋仁都愕然了。

「我剛就看見附近有很多好兄弟，這裡是荒山野嶺，什麼都嘛有！」葛宇彤嘆了口氣，「尤其如果謝依依在這裡的話，根本是個厲鬼磁鐵你知道嗎……」

「依依在這裡？」謝棋仁倒抽一口氣。

餘音未落，歌聲響起了。

這次的歌聲清晰嘹亮，謝棋仁嚇得踉蹌數步，身為哥哥，不可能不認得妹妹的歌聲！

『哥哥剁了我的頭、哥哥醃了我的頭，把我放進鹽巴裡，哥哥說要保護我的，永永遠遠保護我！』

「住口——住口——」謝棋仁摀著雙耳，「都是妳的錯，是妳——」

霎時謝棋仁身後的窗子出現一個人影，長手伸進就要抓住他，葛宇彤眼明手快的扔出手上的石子，趨前一把將謝棋仁往前拉，再推著刺毛往外走。

「離開這裡！我怕其他的冤鬼想抓交替！」葛宇彤大吼著，「林蔚珊，走啊！」

「啊？等我，庭庭她、庭庭……」她還急著想抱起庭庭。

「不必擔心她，她媽在這裡耶！」葛宇彤喊著，厲鬼是一種怨念磁鐵，它不僅能輕易吸引其他的亡者，還會吞掉亡靈，將其力量納為己用。

如果這裡的孤魂野鬼是被謝依依吸引來的，等等很容易就直接變成謝依依的一部分——她不懂得要怎麼阻止，所以得在這種狀況惡化前解決一切。

至於怎麼解決，她做過功課，也已請教過專家，剩下的就靠機會了。

如果可以不傷害到謝依依，她希望不要這麼做，因為那只是個無辜的女人而已，只是想過幸福的日子罷了。

他們跑出小房間，林蔚珊依然對庭庭的安危憂心忡忡，但是一衝出來後她就決定先擔心自己，畢竟黑夜裡晃動的鬼影太多了，好多影子搖搖晃晃的朝著他們走來，還有爬著過來的。

「這山裡死真多人！」葛宇彤叨唸著，「我要去找剩下的屍骨，你們自便！」

電光石火間，謝棋仁拉住了她，「妳要去哪裡！」

刺毛二話不說手刀一劈，朝謝棋仁的手肘劈去，他痛得慘叫鬆手，葛宇彤嘖了一聲，「去找謝依依剩下的遺骨！還是你要乾脆點跟我說？你把軀幹的部分藏在哪裡？埋在土裡？還是燒了？」

謝棋仁緊咬著唇不語，撫著發疼的手瞪向刺毛，葛宇彤決定自己去找，聲音來自工寮深處，她望著那些孤魂野鬼，實在一點都不想施展暴力。

「葛宇彤！」林蔚珊喊著，「妳要去哪裡啦！」

只見她跳過在地上爬行的某個亡靈，落地時距離沒算準，踩斷了他的腳踝，也只能說聲抱歉！一旁的魍魎鬼魅也圍聚過來，葛宇彤採取閃躲，而刺毛這邊則是拿著警棍，隨時準備動手。

不過，不知是否因為他的身分，亡者並沒有積極的往他們這邊來。

『哥哥。』

嗚咽的呼喚聲傳來，逼得葛宇彤煞住步伐，看向不知何時出現在她身邊不遠處的謝依依。

她是以完整的模樣現身的，有頭有身子，身上的衣服全是血，頸子上有一圈血紅，象徵被剁下的位置；而她的頭並非正常模樣，而是那顆被醃過的，發青的頭顱，髮上還有著白色的鹽巴結晶。

「啊啊啊啊——」謝棋仁看見了，他親愛的妹妹，「依依……依依！」

謝依依筆直朝著謝棋仁走去，刺毛擋在他面前，已經讓這女人得逞過一次，不能每次都讓她把嫌犯殺掉！

『哥哥哥哥，為什麼要剁下我的頭……』謝依依幾乎是哭著唱的，『哥哥說要保護我的，永永遠遠保護我，最後為錢殺掉我！』

「是妳不好！」謝棋仁吼著，「那塊地是我求爸媽給妳的，為了讓妳感覺爸媽還是有把妳當女兒看……！我怎麼知道那塊地會變得這麼值錢！妳卻不肯還給我！」

林蔚珊簡直不敢相信自己的耳朵，「什麼叫做還給你？那塊地已經是謝依依的了！」

「那是我求爸媽給她的，否則爸媽根本什麼都不會留給她，還叫我把她扔下，不要照顧她！」謝棋仁激動的指著謝依依，「我照顧她這麼多年，就跟她要那塊地，她居然說不要！」

「她只有那塊地！」刺毛也忍無可忍，「地會增值誰能預料？那是她的命，不管得到的原因是什麼，那塊地的所有權人就是謝依依！」

「那是我的！謝家的東西通通都是我的，從小只有我照顧她、農地也是我施捨給她的，她應該要報恩啊！」聽得出來，謝棋仁既生氣又傷心，「明明知道我快走投無路了，她卻不願意救我，這是妳的回報嗎！謝依依！妳這樣對妳哥的嗎！」

走投無路？刺毛沒提，但根據調查，謝棋仁的確債台高築，愛賭博的下場。

謝依依的亡靈就停在那裡不動，哀淒的望著哥哥指著她發狂大吼，葛宇彤留意著其他孤魂野鬼的狀況，果然還是懾於厲鬼的力量。

叩——叩——隱約的碰撞聲傳來，葛宇彤回首，來自於剛剛傳來歌聲的房間。

『哥哥……』謝依依這會兒才輕喚著，下一秒竟直接朝謝棋仁衝去！

她面容扭曲，血盆大口裡滿是尖牙，發狂帶著怒火，殺氣騰騰而至，但是刺毛更快，他右手持著警棍，擰著眉看著逼近的謝依依，左手高舉起警徽——謝依依瞬間大驚失色，向後彈離，一屋子孤魂野鬼跟著哀鳴！

『啊啊啊——啊啊啊……』哭泣聲不絕於耳，此起彼落。

謝棋仁趁機轉身朝外奔去，刺毛沒來得及拉住他，林蔚珊倒是不客氣的扯住他的衣服！

葛宇彤趁機旋身往那房間走去，刺毛皺著眉看她消失，回身看向謝棋仁，他總覺得……再度環顧四周，好像哪裡不對勁？

走進房間裡的葛宇彤認出來這曾是廚房，瓦斯爐上蜘蛛網遍佈，抽油煙機也因上方屋頂的破損漏水而損壞；手電筒四處照著，鍋碗瓢盆，結蜘蛛網的刀架上還有早已鏽蝕的刀子，刀架沒放滿，但這工寮荒廢前怎麼也沒把東西帶走？一旁另有雜草垃圾，還有從旁邊硬伸進來的樹幹……

叩叩——撞擊聲自旁邊的冰箱傳來，葛宇彤嚇得旋過一百八十度，光源上下打量，伸手貼上冰箱，感受到一塵不染還有馬達的運轉，這冰箱是好的！

砰叩——裡頭傳來撞擊聲響，葛宇彤嚇得縮手，她甚至能感受到掌心傳來的震動……有人在裡面？啊！是謝依依剩下的軀幹？

她將護身符綁在把手上，水晶佛珠備用，使勁拉開了不停傳出撞擊聲的冷凍庫！

裡面空蕩蕩，唯一有包結冰的塑膠袋就放在下層，她遲疑著該不該動，還是應該要讓刺毛處理才對，畢竟還是算證物吧？有色塑膠袋讓她看不到裡面是什麼，她顫抖著伸手，至少先確定一下裡面的東西對吧？

大膽的伸手去捏，卻沒有斬獲，她狐疑的拉出袋子，發現這袋子的確塞不下屍塊，而且她沒有摸到任何塊狀物體！一骨碌拆開夾鍊袋時，葛宇彤只覺得腦袋一片空白。

「葛宇彤。」刺毛現身在門口，「找到了嗎？」

她愣愣的回首，伴隨著嘆息，「找到了……」

刺毛趨前，看著敞開的袋口，不由得心裡一沉……那裡面恐怕是謝依依剩下的屍體，但是沒有血肉，只剩一根一根的骨頭。

她的軀幹，只剩下骨頭而已。

「那是肋骨，這段是脊椎……」刺毛認得每個部位，在成為刑警前，他好歹是鑑識組的，「一絲碎肉都沒有，這是怎麼辦到的？」

「問謝棋仁吧！他都能把頭醃製起來了……」葛宇彤極怒的嘖了聲，「搞不好還能煮了她咧！」

「煮？」刺毛一驚，緊皺起眉。「是啊，只有這種方法才能讓骨肉徹底分離！」

看看這一袋骨頭，連點血紅都不見，白皙如雪，沒有肉屑沒有筋脈，剔除得乾乾淨淨！

「先收在裡面。」葛宇彤將袋口重新封好，推回冷凍庫，「讓鑑識小組接手。」

刺毛同意，按程序原本就該這麼做……只是提到煮，他覺得自己漏了什麼事……

「謝棋仁呢？」葛宇彤關上冰箱門問著。

「我把他銬在鐵窗邊了，剛剛的話我也已錄音，足以作為證據。」刺毛說著，口吻難掩忿怒。

居然真的是手足相殘！為了土地、為了錢，還敢說得這麼冠冕堂皇！

冰箱邊的角落站著一個低垂著頭的亡者，他沒有殺氣沒有攻擊力，只是站在那裡而已，

葛宇彤關上冰箱門時就留意到了，但她不去對付沒有攻擊性的亡者，他們只是被吸引現身罷

了。

「壓力鍋！」走出來時，刺毛忽然迸出這三個字，「對！他是用壓力鍋煮的！」

「咦？」

「江家的鍋子裡有大量血跡反應！」刺毛想起鑑識報告，「壓力鍋裡，砧板、菜刀全部——小心！」

刺毛驀地低吼，正專注聽他說話的葛宇彤嚇了一大跳，她轉身時只看到有什麼朝自己飛來，刺毛大手倏地橫過她眼前，下一秒鮮血啪的濺入她的眼裡！

葛宇彤因此踉蹌，撞上了破敗的隔牆，眼前一片血紅，飛快地抹去眨動，讓淚液把血液沖淡，才看見滿手鮮血的刺毛，用手穩穩的接住劈來的菜刀。

黃怡捷瞪圓了眼，滿臉怒容，試圖抽回菜刀，卻反被刺毛緊緊扣住。

天哪……葛宇彤簡直不敢相信，黃怡捷埋伏在外頭等她嗎？她滿臉都是刺毛的血，怒不可遏的衝上前，蹬腳一躍不客氣地朝著黃怡捷的肚子踹下去！

「哇！」黃怡捷被踹飛，手不得已鬆開，菜刀還鑲插在刺毛掌心裡。

「刺毛！」葛宇彤焦急的看著刺毛收起的左手，他正握著刀鋒，猶疑著要不要拔刀。

「不要緊張，傷口不深。」他擰著眉，表情痛苦，「她手在發抖，揮來的力道不大。」

是不大，但血這麼多……葛宇彤惡狠狠的瞪著已爬起身的黃怡捷，架上不見的菜刀她拿的嗎？想把他們三個都殺——啊，林蔚珊！

她遠遠眺著大門邊的鐵窗，哪有什麼謝棋仁，連林蔚珊都不見了。

「我就覺得妳有問題！」葛宇彤不客氣的打開斜背包，「溫柔懦弱的樣子都是裝的吧？江阿福才是對妳言聽計從的那個！」

她現在明白了，謝依依唱的「她在鍋子裡」是什麼意思！

「不要跟我提那個愚蠢的男人！沒事去燒什麼紙錢！人死了就死了，又不是我們殺的！」現在的黃怡捷跟脆弱毫無關係，凌厲狠毒的表情躍然，手裡拾撿起鐵條，「這麼值錢的土地，不分一杯羹，當我們是白痴嗎？」

葛宇彤從包包裡抽出了西瓜刀，黃怡捷陡然一怔，她沒料到有人會隨身攜帶那麼大把刀子……只是葛宇彤的刀子很怪，不見閃爍的銀光，上頭反而貼滿了符紙。

「有菜刀沒什麼了不起。」葛宇彤拿著刀子對著她揮著，「你們也沒多聰明，以為把我們殺了，就能得逞？妳不知道謝依依正在等你們嗎？」

「閉嘴！少在那邊怪力亂神！」黃怡捷被這麼一講反而慌張的左顧右盼，手裡的鐵條握了握，「說，是你們把我丈夫殺掉的對吧！」

葛宇彤很想上前海扁她一頓，但是她選擇後退，刺毛的手比較要緊，她從包包裡拿出繃帶，刺毛瞪圓了眼睛，真佩服她隨身攜帶這麼多東西！

只是還沒拔刀，剛剛站在冰箱角落的亡靈竟冷不防衝出，二話不說直接撲來，葛宇彤忙不迭將刺毛往後推去，西瓜刀一橫擺，上頭的符紙略泛金光，嚇得孤魂野鬼立即走避！

「哇啊——」黃怡捷總算看見鬼了，驚慌的往外奔去。

「速戰速決！」刺毛一咬牙，將菜刀拔起，他的掌心隨之湧出一道血河，葛宇彤即刻拿紗布壓住，繃帶迅速裹上，一邊還得防範從四面八風湧來的亡者們！

他們被大量的血吸引過來，她沒有空做防備啊！

「滾！」刺毛驀地大吼，劈頭從撲上來的亡者頭上一警棍揮下，「滾——」

這氣勢如虹，讓葛宇彤看得暗暗在心底讚嘆，警察警徽加上警棍，只怕都不及刺毛這股正氣強大。

飛快胡亂包紮，打上死結，葛宇彤即刻左手抽刀，以刀面賞了一個老婦亡者一巴掌，「歹勢。」

只是這波未平，那波又起，一地散落的鐵條鐵片倏而飛起，朝著奔向門口的黃怡捷直追而去！

「哇啊……」雜物落下，壓上她的小腿，黃怡捷整個人趴跌在地上，「謝棋仁！謝棋仁！」

謝依依直接從黑暗中現身，她毫不猶豫的衝向黃怡捷，葛宇彤跟刺毛也立刻邁開步伐奔上前！

「謝依依！住手！」刺毛大吼一聲，「這是我的犯人！」

謝依依？黃怡捷聞言瞠目結舌的看向右手邊，果然看見渾身是血，那個她不該不認得的女人！

「哇呀——啊！」她死命抽著腳，人在求生時腎上腺素極為發達，連皮帶肉削下一塊都無所謂的抽出雙腳，就是想趕緊起身逃命。

謝依依哪可能給她這麼好過，一眨眼就到她眼前，狠狠的把她往牆壁推去！

黃怡捷向後騰空飛起撞牆落地，同時間刺毛抵達，一警棍就朝謝依依揮去！她伸手欲擋，被分屍的手一塊塊剝落，回頭望著刺毛的眼神充滿怨恨與悲傷！

『幫兇——』她嘶吼起來，『你們都是幫兇——』

她另一隻手朝刺毛腹間去，葛宇彤滑步而至，由下往上一刀割斷了她應該早已碎成數塊的右手。

『嘎啊啊——啊啊——』原本分成數塊是死後的傑作，但是被滿佈符紙的刀子劈上，碎塊轉眼成灰，不給她再重組的機會。『我是小公主，爸爸媽媽最疼我，哥哥最愛我……每天穿著美麗的衣服，吃著好吃的蛋糕……』

她像是逃避般，突然蹲在地上開始唱歌，但是謝依依的歌聲極度幽怨，整座工寮開始震動，灰塵大量掉落，鐵板喀喀作響，直到有鐵片掉下來，發出震天巨響時，大家方知該走的時刻到了！

「林蔚珊？」葛宇彤扯開了嗓子大吼，她人呢？

「我在這裡……呀！」伴隨著尖叫，林蔚珊抱著庭庭從另一個房間走出，她臉上有些瘀血，應該是因為剛剛跟謝棋仁的拉扯。

謝依依的歌越唱越急，林蔚珊嚇得抱著依然昏迷的庭庭奔出，刺毛拽過葛宇彤也往外甩去後，接著竟回身跑去將黃怡捷一把拉起！

「啊啊……」她哭著站不起身，「謝謝……」

「我不會讓妳這麼容易死！」刺毛說著，要死，也要是因為殺人毀屍罪的罪名！他輕易攙起黃怡捷往外，但是伴隨著屋頂的塌陷，更多魍魎一起落下了！葛宇彤仰頭一瞧就看到一堆亂七八糟的傢伙，低咒著操起西瓜刀，再度奔了進去！

『帶我走……』有孩子跳到刺毛的肩上了！

『讓我走……』有人拽住了他的腳。『你留下來吧！』

「滾開啦！」葛宇彤急奔而入，西瓜刀見一個打一個，「晚點會請專人來送你們上路！閃！」

她一邊揮舞著刀子，一邊推著刺毛往外衝出，但謝依依哪可能輕易放手，原本一直在唱歌的她倏地伸出僅存的那隻手，扣住了黃怡捷的腳踝。

「不要逼我廢了妳另一隻手。」葛宇彤威脅著。

謝依依抬起頭瞪著她，通紅的雙眼盈滿淚水，彷彿在問她為什麼為什麼要幫這個殺了她的人！

葛宇彤真的不再拿刀子劈她，轉而用刀子朝她臉上打去，謝依依這才驚恐鬆手，但同時發出淒厲吼叫聲。

『啊啊——』跑出工寮外時，工寮正逐漸坍塌，黃怡捷一發現身處安全後就扭開身子往前撲倒在地，狼狽的朝著左方那塊空地去！

「怎麼回事！」謝棋仁的聲音出現在空地的方向。

「你——你居然躲在這裡，放我一個人在裡面被你那個白痴妹妹攻擊！」黃怡捷吃力站起，對著謝棋仁一直窮打，「她變成厲鬼了你看見了嗎！啊？看見了沒！」

「不許說我妹妹是白痴！」謝棋仁怒吼著，「她只是天真而已！」

「最好是啦，天真吸毒加偷竊，這麼天真還知道不能給你那塊地啊！」黃怡捷尖吼著，「警察先生，人是他殺的！都他——我們只是幫忙棄屍而已！」

葛宇彤扯扯嘴角，這麼快就窩裡反了，有夠沒意思的。

「妳閉嘴！你們也逃不了關係，是你們說要把依依關起來的！」謝棋仁慌張的嚷著，「要不是她反抗，我也不會……不會……」

火光映照著他恐慌後悔的眼神，他望著自己的雙掌，眼淚不聽使喚的滑落。

下一秒，在無人反應的情況下，一抹紅影倏地出現在黃怡捷身後。

「依依！」謝棋仁看見了，但是來不及！

黃怡捷連回頭都沒機會，謝依依用僅存的左手，將她整個人往旁邊燒得火燙的鐵桶壓了進去。

「噫——啊！」措手不及，黃怡捷雙手直覺反應的抵住鐵桶邊緣，但那簡直是肉上烤盤，焦味即刻傳來。「哇呀！」

她痛得縮手，卻剛好如了謝依依的願，頭上腳下，被緊扣著後頸子，往桶底壓去；鐵桶裡都是正在燃燒的冥紙，她整張臉貼上了依然燙人的灰燼，發出淒厲的慘叫。

「放開——呀——好燙好燙！」謝依依未曾鬆手，她是鬼，不怕這桶裡的火，但是黃怡捷是人，火烤肌膚的聲音劈哩啪啦。

林蔚珊緊緊抱著庭庭，她都已經可以聞到烤肉的味道，黃怡捷露在桶外的雙腳慢慢停止了掙扎，謝依依這才鬆了手。

火勢因為新的燃燒物變得更大，火舌纏上了黃怡捷的身體、衣服，甚至是那雙腳，謝棋仁瞠著雙目站在謝依依身後，腦袋一片空白，恐懼加身，他那親愛的妹妹正以其人之道還治其人之身。

她的屍身被黃怡捷放在壓力鍋裡燉著，燉到軟爛再去肉剩骨，現在她便將黃怡捷放在鐵桶裡烹煮，只是改用火烤的方式罷了。

然後，謝依依面帶哀淒的緩緩回頭，看向了她最親最親的哥哥。

第十二章

謝棋仁顫抖著搖頭，步步驚退，事到如今他也明白，自己的妹妹已經變成了什麼模樣，她再天真，也不會放過殺害她的人！

「不……依依，妳聽哥說……」謝棋仁還想說服她似的，「我會好好照顧庭庭的，妳如果、妳如果殺了我，那庭庭怎麼辦？她就無依無靠了！」

『哥哥為什麼要殺我？你不是最愛我？』謝依依哭喊起來。

「謝依依！」刺毛上前一步大喝，「謝棋仁殺了妳自然有法律處理，不許妳再繼續濫殺！」

葛宇彤非常理解刺毛不喜歡自己追查的犯人一個個死於非命，而且跟他搶犯人的還是個鬼，但是她不認為謝依依會輕易放手……尤其，殺害她的人是她最信任也最親的哥哥。

正是因為最親，心才會最痛，也才最恨啊！

謝依依果然回首瞪著刺毛，陰鷙的臉猙獰扭曲，她根本不能理解刺毛的立場，『你們——都是一夥的！大家都在謀奪我的錢！』

咦？葛宇彤一怔，這誤會也太大了吧？關他們什麼事啊！

謝棋仁見妹妹把注意力移轉到他們身上了，二話不說拔腿就跑，謝依依尖聲哭喊著，整座工寮發出噪音，每一片鐵皮都在震動。

「我不許妳再殺人！」刺毛情急之下，竟冷不防的抽過葛宇彤手上的西瓜刀。

「喂！」她錯愕之際，刺毛已經將刀子直接朝謝依依射了出去！

刺毛的力道跟精準度都相當驚人，刀子對準謝依依的頭射去，刀子未到，謝依依唰的消失！西瓜刀撲空，刺毛立刻邁開步伐朝謝棋仁的方向追去，他要趕在謝依依之前先逮到謝棋仁！

葛宇彤看著自己的刀子掉落在遠處有點懊惱，幹嘛不拿別的東西扔啊！緊握雙拳往後看向抖個不停的林蔚珊，這山裡的浮遊靈依然覬覦著她們，只是林蔚珊抱著庭庭的話……應該沒事。

鐵皮震盪聲越來越大，逼得葛宇彤忍不住回頭，看見一片片鐵皮傾斜落下，不，那根本不是掉落，是像射出一般朝著——她往右邊看向那兩個奔跑中的人影，刺毛！

「妳趴下！」葛宇彤頭也不回直接推了林蔚珊一把，下一秒筆直衝了出去。

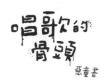

渾然不知的刺毛仍在追逐謝棋仁，「謝棋仁，站住！你再跑也跑不過厲鬼的！」

「啊啊，是她的錯！她不能這樣對我！」謝棋仁邊哭邊吼著，「我是不小心的，我只是不小心刺了她一下而已，她就死了！」

「既然不小心你就應該報警，而不是毀屍滅跡！」刺毛加緊腳步，眼看著伸長的手就要抓到了。

「我不要，我不能因為她去坐牢！」謝棋仁回頭對著刺毛大喊，「那是她欠我的——」

咦？回頭的謝棋仁赫見鐵皮片片，黑色的瞳仁裡映著飛至的鐵片，它們竟然飛了這麼遠……刺毛留意到謝棋仁的錯愕，只是他來不及回頭，身後一股力量直接撲上。

呃啊！刺毛整個人被狠狠撲倒在地，身上還壓著沉重的重量，鐵皮的聲音尖銳刺耳，他可以感覺得到它們從他頭上飛過，然後一一的落在了前方不遠的地上，一片疊著一片，鏗鏘作響。

「搞什麼……」刺毛立即抬首，發現推倒他的竟然是葛宇彤。「妳在幹嘛！」

啪，斜前方雙膝跪地，刺毛知道那是謝棋仁，他跪下後數秒，整個人終於癱軟在他面前，身上幾乎沒有什麼外傷，只是頸部以上的頭顱……不見了。

喝！刺毛立即驚坐而起，沒忘記拉起葛宇彤，斷頸就在他的面前，鮮血若河汩汩漫流，斷口俐落整齊，他引頸向前探望，可以看見謝棋仁的頭顱因為這略斜的地形還在咚咚滾動。

工寮的鐵皮削去了他的頭，一如他剁下妹妹的頭顱。

『哥哥殺了我、朋友煮了我，我要跟庭庭每天一起玩、天天在一起……』謝依依不停地哭泣著，哽咽高歌，『為什麼要殺了我，他殺了我他殺了我他也殺了我！』

刺毛擰著眉看著謝棋仁的屍體，心有不甘，人還是輸給厲鬼，他連個嫌犯都保不住！

「不管他多可惡，妳都不能動用私刑！」刺毛氣急敗壞的轉回身，指著蹲在地上哭泣的謝依依怒吼，「每個人都像你們一樣，死了就開始濫殺，這些人就不能定罪了！」

「定罪是對活人重要。」葛宇彤站起，「對她而言，解決掉殺她的人才是重點。」

哭聲漸微，謝依依緩緩的看向他們……刺毛覺得有些怪異，為什麼謝依依在瞪著他們？

『我只是想跟庭庭在一起而已……』她站起身，幾乎是加速衝了過來，『你們為什麼要殺了我！』

咦？刺毛驚愕的拽過葛宇彤，謝依依現在是要找他們麻煩嗎？

「我們沒有殺妳！」葛宇彤也發現了，將方才拾回的西瓜刀橫在跟前，朝空中比劃。

謝依依登時止住步伐，她留意到那西瓜刀上有她畏懼的東西，眼神依然忿恨，殺氣只增不減。

『拚了命的阻止我，你們都一樣！』她尖喊著，後頭鐵皮的聲音突然鏘鏘又響了！

咦咦？葛宇彤驚恐回頭，看著鐵皮的震動，怎麼想都知道沒有好事！刺毛立刻把她往馬路的方向推，此地不宜久留！

「都是你啦，她現在認為我們阻止她就是幫兇！」葛宇彤邊跑還有空罵，「快點跑到有電線桿的地方去！」

至少可以阻止鐵皮。

「不！」刺毛眼神鎖定在不遠處，慌張看著他們的人影，「跑去林蔚珊那邊。」

「嗄？你不能找個可靠一點的人嗎？」找林蔚珊有什麼用啦，她還得花時間保護她耶！

「還有誰比庭庭更可靠？」刺毛瞥了她一眼。

庭庭……對啊！葛宇彤加快腳步，沒有時間去看鐵片是不是飛來、離他們有多近，後有追兵之際，只要記得沒命的狂奔就是了。

「林蔚珊！過來！」葛宇彤大喊著，意在縮短距離。

抱著庭庭的林蔚珊聞言往前奔來，他們果然迅速會合，而在會合那一剎那，葛宇彤與刺毛雙雙同時躲到林蔚珊身後去。

「什麼？」林蔚珊還沒意會過來，看見兩個人自眼前一閃，才看清了他們身後的鐵片，「呀——」

她驚恐的抱著庭庭彎下頸子，嚇得失聲尖叫。

但是，鐵片沒有過來，它們紛紛落地，取而代之的是謝依依不間斷的哭聲，『……庭庭！庭庭！』

刺毛朝葛宇彤挑了眉，奏效了吧！

「庭庭給我。」葛宇彤忽然將庭庭抱了過來，在林蔚珊耳邊低語，她臉色驚恐蒼白，兩片唇都因恐懼打顫，但還是點點頭，「聽懂了沒？要快知道嗎？」

「好……」她嗚咽著，「刀子……還有什麼可以借我……」

葛宇彤趕緊從包包裡翻出掛著一小尊觀音像的項鍊，刺毛目瞪口呆，「妳那包包裡還有什麼沒有啊？」

「囉嗦欸你！」她催促著林蔚珊離開，「東西要準備足嘛！」

「簡直不敢相信，有人隨身會帶這麼多東西！」刺毛還在驚嘆，「不過想想，妳都能隨身攜帶西瓜刀了！」

「有完沒完啊……」她抱妥庭庭，「欸，庭庭實在挺沉的……」

「抱好，不要掉了！」刺毛只擔心這個。

眼尾一瞟，赫見謝依依近在咫尺，她血紅的雙眼瞪著葛宇彤手上的女兒，伸長了手，像是要討回自己的孩子。

「妳死了。」葛宇彤緊抱著庭庭後退一步，「妳不能再照顧庭庭了。」

她哭泣著，椎心泣血的看著庭庭，『媽媽每天做早餐給妳吃，媽媽跟妳在家裡玩捉迷藏，假日媽媽帶妳去遊樂園，我們住在大房子裡，我們可以買一台車……』

她悲淒的唱著，可能是她與庭庭間的承諾。

自從知道那塊地值錢後，這對母女想必一起勾勒過關於未來的藍圖與美夢。很遺憾的，從她死亡的那刻起，這一切都化為烏有了。

『我不想害任何人，大家卻都想殺了我，為了地為了錢……』她激動的哭嚎著，『你們又為了什麼！』

下一秒，她衝向的是刺毛。

「可惡！」刺毛以警棍迎戰，頭、手，頸子，棍子強烈有力的擊上，謝依依曾有數度退縮，但還是朝著刺毛的腹中剜去。

葛宇彤趁勢抱著庭庭往上奔去，空氣中瀰漫的焦味，黃怡捷不僅熟了，也開始烤焦，而她意圖往車上去，目的純粹是要分開謝依依的注意力！

刺毛動作俐落靈巧，向後閃過了她那染滿血腥的利爪，警棍立直朝著她頸子的裂痕使勁擊去。

謝依依瞬時又閃過，刺毛抓準空隙竟旋身朝著下方奔去，也就是葛宇彤的反方向、謝棋仁陳屍之處去。

三個人三個方向，謝依依只注意眼下兩人分跑兩邊，橫眉豎目的怒容浮現，她只想著與庭庭的未來都被這些人破壞掉了！

「謝依依！」葛宇彤高喊著，巴不得引起她的注意。

她倏而轉頭，看見葛宇彤站在高處，高舉的庭庭像是一種要脅，「我會殺了庭庭去跟妳作伴的！」

『庭庭！』謝依依喊了出來，驚恐忿恨的朝她奔去。

同一時間，在廢棄工寮的另一端，林蔚珊正邊哭邊喊阿彌陀佛的突破萬難，找到了依然立在原地，只是上面多了很多鐵皮的冰箱；她聽得見葛宇彤在大喊，聽得見謝依依的咆哮，但是也聽得見身邊這麼一堆頭破血流的鬼啊！

好可怕好可怕，為什麼山裡面會死這麼多人……這個怎麼看都不像是車禍喪生的，那個也是，還有小孩子的靈魂，她咬著唇緊握著手裡的立體觀音項鍊，四處比劃著，至少還能平安通過。

打開冰箱，果然看見葛宇彤交代的塑膠袋，連忙火速拿出來，她再傻也知道現在狀況很不妙，拖不得時間！

謝依依認為他們是一夥的，雖然她搞不清楚這是怎麼認定的，但是若不是剛剛她抱著庭庭，說不定現在已經被那堆鐵皮分屍了！

『不許傷害庭庭！』謝依依驚恐忿怒的指著葛宇彤吼著，『放下……』

葛宇彤繼續往上跑著，眼尾朝著平行的工寮看去，留意到拿著塑膠袋終於跑出的林蔚珊。這頭，林蔚珊看見在馬路上往車子跑去的葛宇彤有些錯愕，但是沒有忘記剛剛被交代的事。

所以她也跑，只是往鐵桶的方向跑。

葛宇彤注意著另一頭的林蔚珊，卻沒注意到自己的腳邊，長草倏地捲動，冷不防勾住葛宇彤的腳踝，她踉蹌的穩不住重心，整個人往前仆倒，在摔上地的前一刻趕緊把庭庭朝草地扔去，自己才重重跌落。

一摔上地她立刻旋過身，果然看見謝依依已然撲至。

「喝！」她及時握住謝依依的左手腕，那尖甲劃過她的下巴，立即皮開肉綻，「妳腦子打結了嗎？我可沒有傷害妳……我們是幫助妳女兒的人！」

『誰都不許傷害我的庭庭！』謝依依兇狠的瞪著她，完全聽不進去，『你們全部都去死！』

她的力道敵不過厲鬼，整個人被往下壓去！

謝依依擰住她的頸子，只需一秒，她就可以擰斷她的頸子，感受到指甲刺進頸子，葛宇彤清楚的知道！

「葛宇彤！」遠遠的，傳來林蔚珊的叫聲，她已經站在鐵桶旁了。

「現在！」葛宇彤扯開嗓門喊著，謝依依咬著牙使勁。

林蔚珊看著桶裡的屍體驚恐莫名，嚇得把剛剛葛宇彤塞給她的符咒放進夾鍊袋裡封好，再把那包骨頭扔進了火盆裡。

剎——一抹刀影倏而閃過，謝依依的頭飛了出去，葛宇彤瞪圓著眼看向站在謝依依背後的刺毛，雙手持著西瓜刀，乾淨俐落的一刀揮下。

剎那間，壓在葛宇彤身上的謝依依燒起來了！葛宇彤驚叫著，刺毛舉起長腿，一腳把她往旁邊踹開，上前拉起了葛宇彤。

「我看！」他擰著眉，湊近瞧她的傷口，「沒有傷到動脈，骨頭呢？」

「沒事……」她痛苦的說著，聲音有點沙啞。

大概只差零點一秒，她的頭身就分家了……不得不說，刺毛剛剛那一刀真是帥呆了。

『我是小公主，爸爸媽媽最疼我，哥哥最愛我……每天穿著美麗的衣服，吃著好吃的蛋糕……』

歌聲又起，謝依依的頭顱與身體都燃起了火苗，火舌迅速纏繞她的身子，葛宇彤遠遠的對林蔚珊豎起大拇指，幹得好。

『啊啊啊——啊啊啊——庭庭庭庭庭庭！』淒厲的慘叫聲傳來，火正焚燒著她的靈體，令她痛不欲生。

她早先就做過功課，問過朋友該怎麼處理像謝依依這樣的亡靈，答案是唯有將骸骨佐以符咒燒去，才能完全制住，後面的事，符咒的主人自會接手。

「還妳。」刺毛把西瓜刀交還給她，她微微一笑，接了過去，當真好物！

而刺毛默默的從口袋摸索，拿出一顆完整透明的佛珠，朝葛宇彤瞥了眼。

「那是……」她訝然，佛珠上有刻字，不就是她的嗎？葛宇彤舉起手，可是她手上的佛珠好好的——「啊！」

「江阿福被殺那天撿起來的，」他筆直朝著謝依依靈體走去，將佛珠往頸子的斷口裡塞了進去。「以防萬一。」

她泛起微笑，手還是護著頸子，沒斷依然會疼，厲鬼的力道果然驚人，也真的應驗了朋友交代過的：絕對、絕對要避免與鬼直接接觸的機會。

她疲累的原地坐下，將摔落卻依然昏睡的庭庭拉過來抱穩，枕在腿上，刺毛正好奇的看著自己的手，火舌豔豔，他觸及竟然完全不覺得熱。

「那不是會燒傷人類的火。」葛宇彤淡淡解釋著。

林蔚珊急急忙忙的衝過來時，歌聲與哭聲都消失了，事實上她連謝依依燒傷的靈體都沒瞧見，因為不知何時，火包裹著謝依依消失了。

刺毛挨在葛宇彤身邊坐下，感覺全身突然都痛了，攤開裹著染血紗布的掌心望著，現在連握拳都有困難，剛剛竟能握刀斬首；林蔚珊跪坐在庭庭身邊，輕柔的為孩子撥掉臉上的雜草。

遠遠的鐵桶裡火光燄燄，比剛剛燃燒的更加激烈，黃怡捷的小腿往桶裡癱去，竄上天際的火舌露出了謝依依哭嚎的臉。

「累死我了。」葛宇彤嘆了口氣。「可以叫後援了吧？」

「我的嫌犯都死光了。」刺毛不悅的唸著，開始呼叫後援。

腿上的女孩動了，庭庭緩緩睜眼，林蔚珊欣喜的扶起她，幸好庭庭毫髮無傷；庭庭坐了起來，稍稍環顧四周，顯得有點困惑疲憊，但數秒後，她淡淡的笑了起來。

「彤阿姨，」庭庭看向身邊的葛宇彤，「妳找到媽媽了！」

「……是啊！我們找到了。」林蔚珊趕緊抱住庭庭，「妳醒了，還好妳沒事！渴不渴？想不想喝水？」

庭庭點點頭，林蔚珊立刻拿出小瓶水遞給她。

葛宇彤輕笑著，是，某種程度而言，她是找到了謝依依……至少她不再飄蕩了。

「我就知道只有彤阿姨可以找到媽媽。」庭庭喝了口水，開心的笑了起來，「媽媽說得一點都沒錯。」

咦？葛宇彤愣住了，媽媽說？「什麼意思？妳媽媽跟妳說過什麼？」

「因為，」庭庭笑彎了眼，「彤阿姨就是牧羊人啊！」

那天夜裡，山裡熱鬧非凡，警方出動了大隊人馬蒐證，黃怡捷從鐵桶取出來時已經是焦炭一塊，鑑識人員還得從裡面撿出那落了一桶的謝依依碎骨；比較起來謝棋仁的屍體好處理多了，頭與身體俱在。

刺毛很想坐鎮，但是他的傷勢不輕，被迫先到醫院進行縫合，而且現場有檢察官在處理，他該做的事都在警局。

林蔚珊跟庭庭只有輕微擦傷，葛宇彤的頸部被開了個洞，利用她隨身攜帶的符水消毒縫合後並無大礙，她只是忍不住擔憂刺毛的手，聽說縫了十幾針，平添了斷掌的掌紋。

她知道刺毛為她擋的那一刀是救命恩，如果黃怡捷再用力一點，也難保不會劈斷刺毛的手掌，徒手擋刀實在太冒險，他的血濺入她眼裡時，她腦袋根本一片空白，完全無法意會發生什麼事。

葛宇彤是個知恩圖報的人，她當然要好好找機會謝謝刺毛，不過在此之前，有件事梗在她心頭。

他媽的牧羊人是什麼意思！

她雙手抱胸，看著庭庭愉快的跟其他孩子玩鬧，滿心的不愉快。

「幹嘛板著臉啦！」林蔚珊站到她身邊，「妳這樣會嚇到孩子的。」

她蹙著眉，「庭庭最近還有再提到媽媽的事嗎？」

「倒是沒有了，只有之前說終於找到媽媽，偶爾會到她夢裡聊天。」林蔚珊溫柔的朝著孩子笑笑。

是啊，她找到的嘛！葛宇彤咬著唇，謝依依的靈魂已經請專人處理了，至於會有這麼多亡者，除了意外死在山裡的人之外，在工寮附近還找到許多屍體，均埋在荒煙蔓草之下。

由於該處荒廢已久，無名屍並不少，那座工寮是謝家的，因此警方認為很有可能是早年發生過什麼事情，因為地處偏僻變成適合埋屍的地點。

或許又是另一個案件，但因為跟工寮有關的人大部分都已經往生，連屍首都很難追查出身分。

葛宇彤的朋友直接在那邊辦了場法會，該超渡的超渡，一併解決。

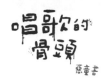

「她看起來恢復得不錯嘛，也不像之前那樣陰晴不定。」葛宇彤嘆了口氣，「真羨慕小孩子。」

「是呀……對她來說，迎接新的人生會比較辛苦些。」林蔚珊幽幽說著，庭庭勢必要由兒福機構照顧了，若有幸還有機會被領養……

但是，扯入命案並目睹命案的孩子，一般人要領養總是會有所顧忌，光是庭庭偶爾夢魘壓境，就顯示母親被殺的過程依然在她潛意識裡烙下了傷痕。

在大家疲於奔命、她睡得很熟的那個晚上，她想起了很多事，尤其是謝依依出事的那晚。謝依依死亡那天傍晚，她買了一袋紅豆餅給庭庭，母女倆說好先吃一個，其他的吃飽飯後才能吃，庭庭乖巧聽話，真的吃完一個後就擺著；她說那天媽媽的心情不好，舅舅回來後，沒多久她就聽見了爭吵聲。

吵架的內容不外乎是土地跟錢，那陣子媽媽跟舅舅常常吵架，那天媽媽特別生氣也哭得很大聲……然後她被媽媽發現站在門口偷看，舅舅就突然衝過來把她拖進衣櫃裡，再將紅豆餅扔給她。

庭庭說她那時好害怕，也不知道該怎麼辦，只好躲在衣櫃裡邊唱歌邊哭泣，聽著吵架聲越來越大，然後開始出現摔東西的聲音，聽見媽媽說要帶她走，再也不回這個家。

接著媽媽高聲喊她，庭庭抓過紅豆餅就趕緊跑出衣櫃，但等她奔出門口時，卻看見媽媽跟舅舅面對面……但是媽媽的肚子裡插著一把刀。

她當場就傻掉了！看著媽媽痛苦的倒地，舅舅握著刀子呆站在原地，紅色的鮮血一直流一直流，很快地淹滿地上，包圍住媽媽的身體，舅舅嚇得後退，像怕被湧出的血沾到腳似的。

接下來，庭庭就在街上流浪了，她忘記了母親被殺的過程，或許是那瞬間奪門而出也不一定。

幸好她有跑，葛宇彤這麼認為，因為如果庭庭當時沒有離開的話，只怕謝棋仁，或是黃怡捷會選擇殺她滅口，畢竟殺一個跟兩個沒有什麼差別。

在庭庭流浪期間，他們忙著處理屍體，也不是很希望能找到庭庭；就證物來推斷，分屍工作應該是身為廚師的謝棋仁所為，頭歸他，身軀由黃怡捷負責，四肢則是江阿福。

一人負責棄屍一部分，這樣不但能分散警方的判斷，還無法鎖定嫌犯。

江阿福將四肢剁成小塊埋進牆裡，黃怡捷將軀幹煮爛，肉剁除剩骨，其餘內臟均丟棄，原以為神不知鬼不覺，但終難逃謝依依的報復；只是刺毛不懂為什麼謝棋仁偏偏要把頭扔在公共空間？

他可以丟山丟海丟河，丟在公廁？這不是擺明了希望大家快點找到謝依依？

「我想應該沒有幾個人會想領養她，但是待在這邊平安也好。」葛宇彤轉過身。

「我們是不會抱太大希望，不過……」林蔚珊有些興奮，「有人特意捐款給她呢！」

「咦？」葛宇彤狐疑的皺眉，「是因為新聞播出的關係嗎？命運多舛的女孩？」

「有一部分是，但有人一口氣捐了兩百萬給她，希望她可以幾年無後顧之憂。」林蔚珊一臉神秘兮兮的說著，「妳猜是誰！」

「妳這口氣看來我認識……」葛宇彤一連串講了幾個常捐款的善心人士，但得到的都是林蔚珊的否決。

「是顏意紹！」她笑了起來，「他真的人超好的，而且捐了還不希望我們說，所以記者也不知道……唉，為善不欲人知啊！」

又是顏意紹，葛宇彤不知道為什麼打從心底沒辦法認同這些善事，不是他們做錯了，只是為什麼又扯到他們？

「我跟刺毛有約，我先走了。」她輕聲說著，「我短時間內不會過來。」

「咦？為什麼？」林蔚珊圓睜雙眼。

「我不太想看到庭庭。」葛宇彤說得直接，林蔚珊倒抽一口氣，她感覺得出來葛宇彤從案子發生後就不甚喜歡接近庭庭，只是沒想到今天會說得如此直白。

好像，因為什麼牧羊人的關係。

第十三章

葛宇彤離開機構後，驅車前往約定好的咖啡廳，儘管天氣清朗，她的心頭卻鯁著一根刺，讓她寢食難安。

半小時後，刺毛終於出現，他用包紮的手朝她打招呼，並直接跟店員點了杯咖啡。

「就咖啡？你下午不是休假嗎？」她擰眉。

「是啊，剛吃飽喝杯咖啡就好了。」他向後躺在沙發椅上，露出難見的舒眉樣，「啊，這位子好舒服。」

葛宇彤淺笑，當然舒服，這可是她的私房餐廳，固定角落的位子，不管哪一面都是落地窗，下午時分太陽會斜斜灑下，皮製沙發椅，寬敞舒適，空中流洩著輕音樂，還有薰衣草精油香氣。

「醃頭案差不多了？」她輕聲問著，雖然知道他好不容易休假不該問公事，但是刺毛應該知道她就是為了問公事。

「嗯，差不多就我之前跟妳說的那樣，只不過……」他直起身子，微微趨前，「記得江家的地下室嗎？」

葛宇彤肯定的點點頭，她的消息比任何記者都來得早也來得精確，但她不屬時事新聞記者，所以不急著報，那詭異地下室的事情，她一直在等答案。

「那邊有人居住過的痕跡，手銬上有血跟皮屑，所以合理的懷疑有人被關在那裡過。」刺毛拿出手機滑著，「那個人，我們都見過。」

照片上，是一張復原的合照，源自地下室那張破損的照片。

「我隱約有猜到，因為他就是在江家一直朝我招手的男人。」葛宇彤挑了挑眉，「他是誰？我查過謝家的親戚表，沒有他。」

「當然，因為他根本不是謝家人……但卻是庭庭的父親。」刺毛語出驚人，「郭信宏，謝依依的前男友。」

咦？葛宇彤瞪圓雙眼，「就是那個拋棄謝依依，有一天突然無聲無息離開的男人？」

結果他並不是背棄謝依依，而是出事了？

「沒錯，他並沒有離開她，他被關在江家的地下室裡，據跡證初步研判，他在那邊至少被關了好幾個月。」刺毛皺著眉心，「我只是不懂為什麼江阿福他們要軟禁郭信宏？有什麼利害關係嗎？」

「庭庭出生前，郭信宏就失蹤了對吧……所以這是謝依依懷孕期間的事，最少七、八年前……」葛宇彤立刻翻找包包，抽出筆記本，「我記得我有查過的……」

紙張因為她的急速翻動獵獵作響，服務生送上咖啡親切的對刺毛微笑，他看著葛宇彤專注翻找的手緩下，那一頁寫滿了密密麻麻的速記。

「果然……」她抬起頭望著他，「那塊地變成重劃區就是八年前的事情。」

「就因為土地？那找謝依依的男友做什麼？」刺毛不懂這其中的關聯，「軟禁他……甚至殺了他？然後到現在才殺了謝依依？」

葛宇彤輕輕的將本子闔上，若有所思，「這部分呢，就交給我吧！」

「有線索可得給我。」他知道，這女人要發揮記者本色了，四處挖實情與資料。

「當然，我欠你的人情可大了。」她托著腮，眼神落在他依然裹著繃帶的手上。「只是頂多讓你瞭解實情，要辦案子的證據我無能為力。」

他點點頭，這種事他有著十足的心理準備，很多事情就算知道真相，卻也會因為苦無證據而無法辦理。

就拿這次的案子而言，他連嫌犯都護不周全，讓被殺的亡靈一個個解決掉兇手們。

「現在我這邊幾乎都是死人，誰都無法開口……我甚至連江家為什麼要涉案都問不出所以然。」刺毛無奈的笑著，「雖說江阿福多半是受黃怡捷指使，但為什麼他們要協助棄屍？我們能推斷的，就只有財色，黃怡捷跟謝棋仁有染？或是金錢關係。」

「或許都有，謝依依那塊地價值不菲，要分點給黃怡捷也不難。」葛宇彤輕勾著嘴角，「這個我會盡量一起查。」

刺毛再度輕啜咖啡，靠著沙發闔眼休息，案子的確逼近結案，因為兇手們幾乎都已死亡，不能讓他們伏法是刺毛心中遺憾，但是他實在很難跟鬼爭。

擱在桌上的手讓葛宇彤有點不忍，她輕輕的觸及，刺毛睜開雙眼，也望著自己的手。

「小傷。」他淡淡的回著，「沒有傷到韌帶。」

「還是謝謝。」她誠摯的笑著，「你沒握住那把刀，現在劈開的就是我的臉。」

刺毛相當不以為意，「我是警察，保護人民是直覺。」

「哎，說話巧妙點嘛！」她挑了眉，「至少說保護美女是本能啦，或是像我這麼特別的人不能受傷等等？」

刺毛很沒禮貌的直接笑了起來，「哪裡特別？特別會惹事？特別招鬼？還是特別喜歡寫一些奇怪的報導？」

「記者報導事實。」她亮著一雙眸子，說得理所當然。

「那我等妳的報導啦。」他搖了搖頭，「等，但可沒期待。」

葛宇彤起了身，事不宜遲，她有一堆事情要去調查，拿過帳單，早說過她要請客的。

「等等。」掠過刺毛身邊時，他突然拉住了她。

「一杯咖啡別跟我搶。」她很認真的瞅著他。

「誰跟妳搶？我是想問……」他銳利的看向她，「有沒有可以避免厲鬼再搶走我嫌犯的方法。」

葛宇彤朱唇微啟，欲言又止，這不是她能做到……也不願做到的事，所以她搖了搖頭。

「我可以想辦法讓你多一點屏障保護。」她輕笑著，「不要每次都只能靠警徽跟正氣全身而退。」

刺毛鬆開手，顯得有些失望無奈，只是點點頭。

葛宇彤帶著笑往櫃檯走去，她知道刺毛的想法，希望嫌犯能獲罪伏法，但現在這個世界中，伏法的例子根本少之又少！犯罪者與獲得的刑罰並不成正比，被殺害的亡者化成厲鬼索命，誰比他們更有立場？

她是不喜歡濫殺，但換個角度想，那些懷怨的厲鬼們……哪個又不是被濫殺的呢？

她只是個普通記者，或許體內有著某種隱藏的力量，或者還有著特殊的靈魂，但是她依然只是個普通人，葛宇彤。

『八年前，有一大片農地正式變成重劃地，農地成為建地的價值倍增，加以有心人士炒作，土地價格水漲船高，眾多人得以受惠，對未來有了不同的期望，但這卻是謝依依惡夢的開始。

雖然她不夠聰明也不優秀，更曾經誤入歧途，但終究遇上一個疼她愛她的好男人，他們論及婚嫁，打算共組家庭之際，這片土地給了他們更大的希望；謝依依生長在重男輕女家庭，當初父母亡逝前，其兄謝棋仁央求父母給她一塊地，象徵至少還把她當女兒看，因此最後謝依依也只得到這片無價值的農地，至於土地後來變得值錢是始料未及。

但是常年賭博的謝棋仁債台高築，當他知道那塊爛地變得值錢後，便希望妹妹能將地「還」給他，或是賣掉後把錢交給他；過去的謝依依或許會聽話，但是有了男友的她就不同，男友郭信宏也覺得這並不合理，便與謝棋仁起了爭執。

某日，郭信宏就這麼失蹤了，謝棋仁告訴謝依依那男人跟他要了五十萬後就拋棄她；但其實郭信宏是被軟禁在隔壁的地下室裡，囚禁在暗無天日的地方，主謀是看上去天真的黃怡捷，因為她與謝棋仁之間在金錢方面，過從甚密。

比對帳務資料得知，黃怡捷利用了丈夫表弟的名字開了帳戶，與謝棋仁有大量金錢往來，簡單來說，謝棋仁欠了他們家兩千萬。

所以誰不期待那塊值錢的土地？而郭信宏想要帶著謝依依離開，甚至力阻她繼續聽哥哥的話，絆腳石自然得除去，或許黃怡捷原本希望他能說服謝依依，但終究沒有成功，依照黃怡捷處理屍體的方式，只怕郭信宏也已經被煮爛分開丟棄了。

緊接著謝依依懷孕產女，傷心的她藉由女兒重新生活，但仍舊依賴著最親愛的哥哥，爾後為了不讓哥哥辛苦，撫養女兒，也主動去王婆婆的早餐店工作，勤奮努力。直到顏意紹介入，將地價全數拉高，打算一口氣收購全數土地為止。

黃怡捷急了，謝棋仁也急了，他們覺得這土地的價格正好，催促著謝依依售出，但是她卻不肯，因為她跟女兒勾勒美好的未來藍圖，就算賣掉地，錢也要自己留下，並且要求顏家的集團蓋房後，要分得兩層樓，作為她跟庭庭的家。

這般的堅持讓謝棋仁怒不可遏，兄妹倆開始爭執吵架，直到那日，謝棋仁終於失手以刀刺入謝依依的腹部，血流不止當場死亡；庭庭目睹一切驚嚇過度、奪門而出，失去片段記憶的她在街上流浪，終被兒福機構的義工尋獲。

因幫庭庭找尋家人，意外牽扯出謝依依的失蹤案，緊接著在公廁裡找到謝依依被鹽醃製的頭顱，令人髮指的犯案手法喧騰一時；接著警方找到她被剁成塊狀的四肢，被鄰人江阿福埋藏在工地的水泥牆裡；最後是軀幹，由黃怡捷以壓力鍋烹煮至軟爛，內臟皮肉丟棄後，骨頭切成小塊，置於冷凍庫，並要謝棋仁擇日埋至廢棄果園中。

只是謝依依不甘被殺，特別是被由如此信任的哥哥殺害，屍骨發出歌聲，泣訴著被殘害的過程，並依序將江阿福、黃怡捷與哥哥殺害，以了宿怨。

也或許她是為了女兒，畢竟土地繼承權落到孩子身上，難保手段兇殘的謝棋仁不會再對孩子痛下殺手。

當頭顱唱歌開始，就該知道一切都是手足相殘，童話故事裡，《唱歌的骨頭》描述得很清楚，弟弟被哥哥殺死，爾後弟弟的骨頭被牧羊人雕成笛子，才得以唱出被害過程，冤案終得平反。

只是，怨與冤得以水落石出，最重要的關鍵便是「牧羊人」。

如果沒有牧羊人，命案便不會被發現，亡者無法申冤，更不可能有機會報仇，對殺人者報復。

換言之，牧羊人的存在與否，決定了謝依依是否能殺害兇手。』

刺毛站在街頭，手上翻閱著小報，不可思議的看著裡面的內容，這是不入流的小報，專門在揭發什麼秘辛之類的，舉凡外星人、魍魎之事全部都能報——葛宇彤就是在這種報社工作。

只是他現在看見「牧羊人」三個字，心頭涼了一半。

他聽過這個稱呼，庭庭就管葛宇彤叫「牧羊人」——天哪！這就是為什麼每一次謝依依出現時，葛宇彤都在的緣故嗎？

葛宇彤若是沒有在場，謝依依就無法殺害任何一個人？江阿福被殺那晚，的確是他們先找到江阿福的，他正在燒冥紙，過了一會兒牆壁裡的骨頭才傳來歌聲。

謝依依沒有在其他時候復仇，即使被殺了被煮了被醃製頭顱，也從未在其他時候報復，一切都在等……葛宇彤的出現。

她為什麼會是牧羊人？

刺毛深吸了一口氣，緊鎖眉頭繼續往下看，報導未完。

『醃頭案即將宣佈結案，實則不然，表面上兇手均已死亡，或以意外作結，雖然知情者都知是厲鬼索命，但是，尚有諸多疑點。

據目擊者表示，謝依依被一刀刺中腹部後倒地，鮮血大量湧出，血流不止，事實上若非刺中大動脈，區區腹腔不可能造成血液泉湧而出，沒幾秒就死亡的狀況。

因此，只怕連謝依依都不知道到底是誰殺了她，在唱歌的骨頭中，有一個版本是兩個哥哥殺死弟弟；江阿福夫妻最多只是協助棄屍，而真正殺害謝依依的兇手，只怕除了親生哥哥謝棋仁外，還有另外一位。

只是無證人無生還者，無從得知關聯，但記者截稿前已得知最新消息，那就是讓一切起殺機的土地，繼承者竟不是死者的女兒，而是一位熟識並且待她甚好的王姓婦人。

謝依依於王姓婦人的早餐店工作兩年有餘，其自稱擁有謝依依的遺囑，交代若她有不測，孩子與土地均由王姓婦人照顧。

骨頭停止歌唱，是因為它不知道還有第二個人。』

刺毛瞪圓著眼不可思議的看著小報，腦子轟然巨響……急速的倒抽一口氣，抓著雜誌朝車子奔跑，一邊拔出手機。

「喂，我卓璟璿！早餐店那個王婆在哪裡？立刻請她到警局來！」他打開車門，急躁的坐進去，「什麼？結案？我沒蓋章結什麼案，快找人親自去接她來，我管你什麼理由，快點去！」

王婆怎麼會有謝依依的遺囑？要寫，也不可能給王婆婆啊！

幾乎沒有關聯的人，誰會想到啊！

葛宇彤，妳幹嘛不早說！

王婆帶著微笑站起身，再三的行禮道謝。

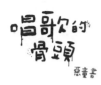

「啊肖年仔，就麻煩你了喔！」她笑吟吟的為著業務員說著，「這塊地厚……」

「哇災啦！我們會協助您處理的。」業務員也回以微笑，「高律師是我們董事長的朋友，一定會幫您處理好的。」

「謝謝喔！」王婆愉悅的道謝，只要想到再過一陣子，就有白花花的銀子可以用，自然喜不自勝。

醃頭案已經沒有人關心了，案子也差不多作結，兇手自然是謝棋仁，手刃親妹的好哥哥，還敢說多疼愛妹妹……還不是一刀殺了她？

王婆轉過身往門口走去，她是沒料到這麼快，讓謝依依吃了兩年的抗凝血劑，原本是想著適當時候讓她受傷、出車禍也好，沒想到竟然謝棋仁先下手了。

這一刀刺進去，不會凝結的血自然轉眼就要了謝依依的命。

早先就哄騙依依寫下遺囑，那傻女孩好騙得很，在有證人的情況下寫得清楚，她才不在乎那個什麼庭庭的，照顧孩子多麻煩，不過如果有了錢，找個人顧她就是了，反正到庭庭成年前，她早就把錢都放進口袋裡了。

這麼有價值的一塊地，給個笨蛋跟賭徒實在太浪費了！而且依依這女孩命苦，她是在做善事，讓她早死早超生吶！

步出建商公司門外時，黑頭賓士竟在外面，門邊站著和藹可親的男人，正朝著他頷首。

「欸……這不是顏先生嗎？」王婆自然認得這塊大生意的買主。

「王女士，您好。」顏意紹即刻上前，禮貌的與王婆婆握手。

「您好……那個我是來處理依依的遺囑……啊，就是之前那個命苦可憐的女人！」王婆蹙著眉，趕緊露出悲傷的樣子。

「是的，我都聽律師說了，真沒想到謝依依會把土地過給您，可見您一定待她如女兒般親切。」顏意紹誠懇的說著。

「啊……我真的是把她當女兒看啦！依依這麼可愛善良的女孩，庭庭我也很喜歡，跟孫女一樣！」王婆說得哽咽，彷彿都快哭了。

「我懂我懂。」顏意紹頻頻點頭，司機上前拉開車門，「不介意的話，我送您回去吧？」

「咦？送我？」王婆顯得有點受寵若驚。

「是啊，您年紀大了，別坐公車了，讓我送您吧！」顏意紹微笑著，「其實，還有庭庭的事想跟您討論一下。」

庭庭？王婆在內心狐疑著，但有車可坐哪有拒絕的道理，讓顏董事長的座車送回去，讓鄰居看到了多氣派啊！

她坐上車，顏意紹從另一頭也坐上，司機便緩緩往前直駛而去。

「您剛剛說庭庭？」

「啊，是的，我只是提提，請您別多心。」顏意紹有些尷尬，語重心長，「這次事件幾乎是從庭庭開始的，那時我心疼那孩子，捐助了不少款項……加上她的親人都意外喪生，所以也就開始考慮收養她的可能性……」

收養？王婆雙眼一亮，顏家的確是積善之家，以前就收養過孩子，只是之前有個女兒下落不明，爾後本來要收養女兒最要好的朋友，結果竟然也失蹤了，當時新聞鬧得很大，有人覺得是不是顏家不祥？不應有女兒，也有人覺得遺憾。

總之這件事後來很快就被淡忘了，王婆沒想到現在又提起了。

「我一直很想要個女兒，我兒子也一直懷念妹妹，看著庭庭可愛年紀也小，領養又能幫助她……只是沒想到原來謝依依已將庭庭託付給您了。」顏意紹口吻有些遺憾，「我也不知道這樣合不合法，我是考慮到您年事已高，照顧庭庭或許也不是那麼方便……」

「我沒問題的！」王婆接口接得俐落迅速，這燙手山芋居然可以扔了！「如果能讓庭庭在你們家長大，那對她是再好不過了，我想依依在天之靈也不會反對的！」

「真的嗎？」顏意紹喜出望外的看著她，「真是謝謝您，回去我妻兒一定很高興，我們一定會將庭庭視如己出的！」

「唉，我也是打從心底捨不得庭庭這乖孩子，但如您說的，我年紀也大了，照顧庭庭也不容易，如果能讓她在你們家長大，對她而言再好不過了。」王婆溫柔的說著，流露出一股愛憐。

車子不知何時進入了荒煙蔓草地帶，王婆瞧著窗外有點狐疑，就算是空地，也沒有這麼荒涼啊。

「您別急，我想帶您去個地方。」顏意紹留意到王婆的不安，「事實上為了感謝您，我準備了一處地方，想說或許可以供您作養老的住所。」

「咦？這怎麼……」王婆詫異非常。

「您這麼善心的人已屬少見，又肯把庭庭給我們，我們由衷感激，一點小事不算什麼。」顏意紹凝視著王婆，誠懇非常。

王婆一時不知道該怎麼接話，真沒想到世間真的還有這種白痴？竟然要把白花花的錢跟土地拱手讓人？而且還真的以為她是真的疼愛謝依依跟庭庭？

簡直是愚蠢，世界上還有什麼比錢更重要的呢？要不是一開始以為謝棋仁很有錢，她才不會雇用謝依依那種傻女孩，還帶了個拖油瓶，一件事要教三遍才會，笨都笨死了。

後來知道謝棋仁早就把家產都快賭光了，她真怕謝依依會找她借錢，那段日子處處找她麻煩，就是希望她可以滾，怎麼知道謝依依連臉色都看不懂，一直跟她道歉，一點都沒想請辭的意思。

就在她決定狠下心開除她時，卻知道了她竟有塊地！怎麼能讓搖錢樹走呢？所以她不但沒開口開除，益發對謝依依好，每日還一杯加藥的豆漿，等待良機……直到那土地擁有非凡價值時，她便知道時候到了，趕緊拐謝依依寫下遺囑，每天在她的豆漿裡加重了藥量。

現在好不容易土地即將到手，連庭庭都不必養了，還有人送地送房給她？天底下的好事真是讓她佔盡了！

車子停妥後，司機趕忙下車為王婆拉開門，顏意紹則是逕自下車。

王婆環顧四周，這一片荒山野嶺，舉目所及杳無人煙，他們站在一個高處山丘上，附近遍佈著蘆葦叢，都比她人還高。

「這裡是……」王婆蹙眉，這種荒郊野外要送她啊？有沒有搞錯？

「這一整片都是我的地，很大吧！」顏先生遙望著，嘴角噙著始終如一的微笑。

「是很大……」這根本整座山都是他們的吧？「只是這裡似乎不甚便利啊……還是未來有打算開發什麼嗎？」

「嗯。」顏意紹點點頭，轉過身看向王婆，「這是一點小禮物。」

王婆錯愕，看著伸出的手有些困惑，但還是伸出手接過；顏意紹放了一小瓶東西在她掌心，王婆定神一瞧，登時狠狠倒抽一口氣——那是她加在謝依依豆漿裡的抗凝血劑！

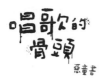

原本是拿來治高血壓的藥，她加重了五倍劑量給謝依依食用！

這應該鎖在她床底下的，怎麼會……王婆顫抖著手，藥瓶上的字跡還是她的，這的確是她的東西！

「這是……」她慈藹的笑容盡失，疾言厲色的瞪著，「你到我家偷東西？」

「治療高血壓的抗凝血劑啊，會讓血小板失去作用，我想這就是為什麼謝依依僅僅挨了一刀，卻在一分鐘內血流過多而死的主因吧？」顏意紹有些悲傷的望著王婆，「遺囑也是妳哄騙她寫的，但我知道這絕對具有法律效益，因為妳也有證人，那塊地遲早是妳的。」

王婆斂起笑容，「這是怎麼回事？你在跟我開玩笑嗎？」

「謝依依會把土地給妳實在太匪夷所思，妳真的以為警方會這麼乾脆的放過這條線索嗎？」顏意紹搖了搖頭，「我在想，如果讓妳真的領養了庭庭，妳不知道會不會虐待她？畢竟擁有土地的是妳，土地到手，那女兒也就不重要了。」

王婆不想回答，她急著想離開，可是這裡根本毫無住家，唯一的車子就是顏意紹自家的，連找人幫忙都嫌困難！

「你想要做什麼？」王婆倒也不拐彎，「想要我賤賣土地嗎？」

「不，土地跟錢我已經夠多了，我也不稀罕這個。」顏意紹笑了起來，「您別緊張，一開始我就說了，我是要為您找處地方居住，讓您安享晚年。」

「這裡？」王婆喊了起來，「你少瞧不起人！我怎麼可能喜歡這裡！」

「王婆，這裡是最適合您的。」顏意紹由衷說著，忽地上前，逼近了王婆。

「你幹什麼！走開……滾開喔！」王婆焦急的後退，慌忙從皮包中拿出手機，「我要報警……我警告你，你不要以為你是有錢人就可以血口噴人——」

下一秒，王婆後腳踩空，竟然直接向後摔了下去！

步步驚退的她，絲毫沒有注意到後頭就是山坡，只是一片長草蓋住了邊緣……王婆直接往山底下摔了下去，她痛得大叫著，只是赫然發現那並非陡崖險峻，只是個坡……

不，王婆摔到平地時掙扎往上看，這是個山谷？不不，不對，她環顧四周，這像個碗，一個坑？

王婆年紀大了，這一摔骨折處處，疼得癱在地上動彈不得，仰著頭看向高處的人影，顏意紹彷彿正站在那兒睥睨著她；而再往左手邊瞧，竟然有個巨大的山洞！

「救……救命……」她虛弱的喊著，伸長可以動的右手，朝著上方的顏意紹。

「呼嚕嚕……」詭異的聲音驟然自一旁的洞穴裡傳來，王婆驚恐的立即向左望去。

洞穴漆黑一片，但是她聽見了，真的有東西在叫，那是喉間的聲音，聽起來宛如野獸……而且有人正在看著她，緊接著她還聽見了腳步聲，不止一位！

「不……不不，顏先生，求求你救救我！」王婆焦急的喊著，「我會去跟警方自首的，拜託你——那洞裡有野獸啊！」

但是王婆難以動彈，她腿部骨折，輕輕移動便得劇痛。

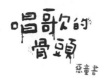

「噯，王婆婆，妳怎麼摔成這樣？」突然有聲音自後方傳來，熟悉得令王婆膽寒。

「好像骨折了。」悶悶的男人聲音跟著傳來，冰冷的手貼在她斷掉的小腿上。

王婆看著湊上前的人影，竟然是黃怡捷與江阿福！

「哇啊啊——」不可能！她恐慌的向後退卻，但眼前兩個人卻輕而易舉的將她攙坐而起。

「骨折了就不要勉強了，來，我抱！」身後兀地傳來另一個人的聲音，王婆驚恐回首，直接撞見了謝棋仁，他一把將她打橫抱起！

「不不不——放我下來——哇啊！你們都已經死了，死了啊！」

她扭動掙扎毫無效果，謝棋仁抱著她往山洞去，而站在山洞口的女人正甜甜的笑著，「王婆，妳終於來了！等妳很久了呢！」

謝依依笑看著她，一如平常的模樣。

王婆瞠目結舌，看著四周的人，謝棋仁直接帶她進入山洞，郭信宏正上前拉過了謝依依，「總算來了，『那個』等得不耐煩了。」

「怎麼可能？這不可能——」王婆歇斯底里的大叫著，「放我下來，你們想帶我去哪裡！這是夢，你們明明已經死了！」

「是啊，我們是死了。」一旁的黃怡捷笑了起來，「還好我們死了呢！」

「王婆的待遇就不一樣囉，畢竟您是『那個』最喜歡的食物。」謝依依用輕鬆語調說著，「而且『那個』保證會讓食物活到命定的壽命！」

什麼？他們到底在說什麼？

「王婆，放心好了，您已經七十六歲了，您壽終的歲數是八十六。」江阿福低沉的計算，「頂多就十年，已經是幸運的了！」

「是啊，您看那個……」謝棋仁指指就在旁邊的東西，那像是個木乃伊，雙眼悲淒的望著她，若不是雙眼眨動，王婆還不相信那個木乃伊樣的人竟然還活著！

乾癟的木乃伊身上千瘡百孔，雙手還被倒勾的尖刺穿過，吊在半空中，血液從身上的孔洞滲出著，凹下的胸膛依然起伏，這個人還活著！

「這個女孩子得這樣過七十六年，那可是活生生的地獄呢！」謝依依微微一笑，雙眼變得惱怒。「您只有十年……真是便宜您了。」

不不不——王婆不可思議的看著這一切，這是騙人的，這一定是夢，一切都是夢，她的土地，她的發財夢，她想要坐擁豪華的房子，過著氣派光彩的日子啊！

「呀——」

顏意紹冷冷的看著坑底，聽著那慘叫聲不禁揚起笑容，「都幾歲的人了，竟然還如此貪婪……恬不知恥。」

他優雅回身，閒步下山，司機恭敬的為他打開車門，他回首望了一眼那聽不見慘叫聲的山頂，泛起了微笑。

「董事長心情真好。」司機說著，「打算領養新的大小姐嗎？」

「嗯，還是需要個幫手。」他點了點頭，「不然每次都靠我們自己找食物也是麻煩。」

「是。」司機頷首，遠遠的看著天空中出現一閃而逝的紅彩。「啊……剛剛那……」

「某個地方有什麼正在甦醒吧。」顏意紹遠眺天空，微笑著坐入車裡，「不急，人類會親手毀掉世界的，我們只需要等待。」

「是。」司機恭敬的為他關上車門。

顏意紹將窗戶降下，骨頭應該不會再唱歌了，雖然有點可惜，他還挺喜歡謝依依的歌聲。

人類童話故事的結局總是美好的，不管過程如何殘忍，人類總會喜歡美化事實；最後該解決的人解決了，無辜的小女孩也將會有好的去處。

黑色的車子緩緩開動，在幾個彎路之後，失去了蹤影。

尾聲

小小的、白色的東西擱在桌上，葛宇彤冷冷的瞪著它瞧，那是庭庭第一次見面時，送她的東西。

她沒拿給刺毛化驗，但不必驗也知道，那是骨頭，謝依依的骨頭。

她不想去探討庭庭怎麼拿到母親的遺骨的，因為據庭庭單方面所言，她應該是看見媽媽被殺後就奪門而出，那時謝棋仁他們尚未處理屍體。

可是她仔細對照過時間，有些微的出入，因為庭庭的記憶並不完全，所以其實有幾天她是無從確定行蹤的，就連刺毛他們也無法確認，她究竟是失蹤十天？還是十四天？

如果是十四天，那麼謝依依已經被分屍了。

被分屍的謝依依骨骸盡數尋獲，也進行了重組，葛宇彤看著手機裡的照片，她也知道，人體那兩百零六塊骨頭，偏偏謝依依就少了一塊。

她桌上這塊。

庭庭怎麼拿到的？是謝依依附身？還是她曾跑回去，意外拿到處理過的骨頭？或是謝依依附身在女兒身上，在黃怡捷的廚房拿走剜完肉的遺骨？這些都已經不重要了！

她想要知道的是，庭庭把骨頭給她，到底是有心？還是無意？

或是母親託夢給她，讓她記得把這重要的寶貝交給她？

如此一來，她就成了「牧羊人」，只要有她出現，謝依依就可以恣意妄為的大開殺戒。

為什麼選擇她？知道她的個性？還是刻意選擇兒福的義工，或是謝依依知道她體內有另一個靈魂存在？

不管哪一個，著實令人不快。

她深吸了一口氣，坐直身子將桌上的碎骨放進信封裡，仔細彌封。

信封封妥，她拿著往外走去，桌上的報紙上大篇幅報導著，關於庭庭即將被顏家收養的大新聞，葛宇彤淡淡的瞥了眼，顏家還真會選人。

又要領養，這一次庭庭或許不會失蹤，因為王婆已經失蹤了。

雜誌社樓下就有郵筒，葛宇彤再次望著信封，滿心厭煩的思考著：讓骨頭唱歌的究竟是她？還是庭庭？

不管如何，東西總要物歸原處，這骨頭是屬於庭庭的。

哼，說不定，這骨頭還能為她唱搖籃曲呢！

The End

後記

金光閃閃、瑞氣千條，我們的彤大姐終於又能手持西瓜刀堂堂現身了！

嗚，想到她坎坷的路不免為她掬一把同情之淚，設定好六集的彤大姐系列輾轉費時的，終於在春天重生了！

春天果然是萬物生長的好季節啊！（握）

這是事關童話的故事，不過倒不是真的改編童話，只是有童話元素在內，每一集都能單獨閱讀，所以灰姑娘篇沒有追到的人並沒有什麼影響。

不熟悉彤大姐的人不要緊，容我說明：她是個非常簡單的人，正義感強，想做什麼就管你去死，愛好武器是西瓜刀，刀上貼滿符紙，砍人（喂）砍鬼都很便利，聽說好像似乎可能是日本火山守護神「木花開耶姬」轉世，很遺憾的她完全沒有一絲一毫「高雅神女」的氣質。

她就是她自己，不是任何人，也不鳥是什麼人轉世。

至於拍檔……好，刺毛先生並不接受這樣的詞，總之就是個刑警，實戰經驗豐富的角色，唯獨靈異案件經驗非常低，總是被彤大姐拖下水的倒楣人士，就是他。

角色就是這麼簡單，故事加了些童話元素，寫著屬於我的詭異童話。

一如本篇，我採用格林童話中的《唱歌的骨頭》，故事裡有提到故事概要了，這是貨真價實的格林童話，讓我非常懷疑這種真的是唸給小朋友聽的嗎？

格林童話陌生不要緊，那故事主軸……大家應該都不陌生吧！就是名震一時的社會案件。

猶記得正在寫這個故事時，該案件傳出了最新進展，那個進展實在讓人看了頭皮發麻；講述著兇手肢解死者後，疑似將肉放進絞肉機處理，絞成碎肉沖進排水孔，結果那些碎肉從樓下鄰居的排水孔中冒了出來。

當時樓下鄰居不知道那是什麼，只覺得為什麼有東西從排水孔而出，淹滿了整間浴室，直到淹到她的腳踝，鄰居還用腳去踩住排水孔，希望制止肉屑湧出，後來鄰居整整清了兩大臉盆「油油的碎肉末」……

基本上，如果我是那個鄰居，事後我知道那些肉末是什麼，應該會嚇到不知道該說什麼吧，這根本比恐怖小說還可怕！

邊寫邊看到這個最新進展，突然覺得好像一切都不可怕了。

好不容易，惡童書系列終於能夠再度繼續，我也終於實踐了我「絕不斷頭」的承諾，謝謝春天出版社、謝謝一直支持我的大家，也請支持彤大姐繼續揮舞西瓜刀喔！（刺毛：不許攜帶刀械！）

愛你們唷！

笭菁

等菁作品08

唱歌的骨頭

惡童書

國家圖書館出版品預行編目資料

惡童書：會唱歌的骨頭／等菁作. -- 初版. --
臺北市：春天出版國際, 2014.11
面； 公分
ISBN 978-986-5706-33-3(平裝)

857.7　　103015476

ISBN 978-986-5706-33-3
Printed in Taiwan

作者	等菁
封面繪圖	Fori
封面設計	克里斯
內頁編排	三石設計
總編輯	莊宜勳
主編	鍾靈

出版者	春天出版國際文化有限公司
地址	台北市大安區忠孝東路四段303號4樓之1
電話	02-7733-4070
傳真	02-7733-4069
E-mail	frank.spring@msa.hinet.net
網址	http://www.bookspring.com.tw
部落格	http://blog.pixnet.net/bookspring
郵政帳號	19705538
戶名	春天出版國際文化有限公司
法律顧問	蕭顯忠律師事務所
出版日期	二〇一四年十一月出版 二〇二二年九月初版十三刷
定價	220元

總經銷	楨德圖書事業有限公司
地址	新北市新店區中興路二段196號8樓
電話	02-8919-3186
傳真	02-8914-5524
排版	三石設計